城市回眸：
香港文學探論

（劉以鬯、侶倫、舒巷城、也斯作品）

張燕珠　著

獻給爺爺

目 錄

前言：回眸香港重要作家作品

　　要為文學、香港文學下定義，似乎會有很多概念。不同時期會有不同的定義，人們也會有不同的理解。要細說香港重要作家，也會有不同的意見。主流的看法，是在香港成長、香港寫作、香港成名、香港定居的作家，他們以文學反映香港社會面貌。若說劉以鬯、西西、侶倫、舒巷城、也斯是本地重要的作家，應該很少人會提出異議。至少，他們部分的作品成為經典，在香港文學史上留下席位。

　　劉以鬯（1918-2018）是香港文壇巨匠，寫「娛人娛己」的小說，開創不同小說技法的先河，貫穿中國現當代小說發展史。他的作品是跨代文人共同探究的對象，諸如通俗文學和嚴肅文學的分野，報紙連載小說與時代生活、城市文化、人物生活等關係，體現香港最重要的作家的文學特色、創新精神等。當中，與西西（1937-）的作品作比較，論述兩種香港語境。

　　侶倫（1911-1988）是香港文壇少數的拓荒人，見證香港文學踏出舉步為艱的第一步。他是作家、編劇、副刊編輯，在戰亂中，物資短缺下，在狹縫裡找到自己的角色和位置。通過閱讀他的作品，可以認識早期香港文學的風貌，如香港新文化活動與書店、報紙文藝副刊的關係，探討作家寫作轉向的動因。

　　舒巷城（1921-1999）是香港城市作家，能古詩詞、能新詩、能散文、能小說的業餘作家，通過文字找到另一片屬於自己的天地。選讀他的專欄散文，能認識作品中呈現的生活氣息與地方色彩，探討具時代情懷的作家的生活經驗、現實觀察、個人反思等。他的作品展現個體、城市與香港文學的互動關係。

也斯（1949-2013）是香港文化跨界作家，是教授也是評論家，引入香港作家到學院去。從他的作品內容、寫作手法，了解多重身分的作家透過文字呈現時代脈搏、城市轉變、沉澱式自省等。

本書評論的作家的共通點是，一生筆耕不斷，活躍於香港文壇，是香港文學的標誌。他們的作品影響數代香港作家，意義重大。研讀他們的作品的評論，重構香港文學與城市、時代、社會、文化、生活等脈絡。他們曾經在相同的時代中，在同一天空下，留下自己的聲音、人文情操等，成就香港文學的特色、價值與地位。在文學評論中，回望作品呈現的熟悉與不熟悉的城市，展望後來者的作品所呈現的可能與不可能。藉著是次結集機會，讓我們重新思考香港文學往後的發展道路。

本書所選的作品，一般是以它們最初發表的為準，並校正明顯的文字、標點錯誤，原則性改動行文、用語、格式等，以求全書風格統一。由於我們的水平所限，在編選上仍會有不妥之處，謹請批評指正。

輯一：
流動城市的創新精神
——劉以鬯作品

劉以鬯小說的創新論

　　在《打錯了》的自序中，劉以鬯先生指出「時間是不會停止的，社會生活也會跟隨時間的推移而不斷變遷。」他一生筆耕不斷，又一直從事報章雜誌編輯工作，留下實驗性小說、「娛人娛己」的作品，滋養著一代又一代的香港作家。「娛人」的目的是換取稿費，可以不避俗和避熟；「娛己」的目的是通過小說尋找另一類的敘述方式。劉先生於今遠去了，但後人對他的敬仰和思念是不會停止的，仍然是我們的學習典範。他的文學觀念源自生活，主張在虛構的情節中展現社會生活的真實一面，而當中又要敢於創新求變。他的小說技法受到現代主義小說、中國傳統小說、五四小說等影響和啟發，借鑑歐美文學理論和技巧之長，加以吸收、轉化為對自己有利的創作條件。本文簡要概論劉以鬯小說的創新觀念，在文學路上，他創造了一次又一次的試驗，重新理解小說世界，重新體會內在生命。

一、「創新」的理念

　　「創新」，是指創造、推陳出新。這是劉以鬯一直恪守的寫作原則，「文貴創新，創作最重要的是有新意」，故他有意用不合常規的表達手法來開闢另一條小說的道路。在《劉以鬯小說自選集》及《多雲有雨》的自序中，他總結自己的創作經驗，我們以「沒有」和「有」作為他的獨創精神的註腳。大致上，從小說敘述角度來看，沒有人物

的〈吵架〉，有以物為主的〈動亂〉；從小說思想內容來看，有探求內在真實或人物內心衝突的〈蜘蛛精〉，有睜開眼睛做夢的〈副刊編輯的白日夢〉，有利用黑色和白色重現社會真實面的〈黑色裡的白色白色裡的黑色〉；從小說體角度來看，有詩體化的《寺內》，有詩與小說體結合的《酒徒》，有政論體的〈春雨〉；從小說結構來看，有內心獨白、自由聯想的《酒徒》，沒有故事或有雙線並行方式的《對倒》，沒有頂點與結局或有鏈條結構的〈鏈〉，有橫式結構的《島與半島》，有重複敘述或稱為複式結構的〈打錯了〉。舉凡種種實驗性的嘗試，充分反映劉以鬯探新求真的精神，不斷作出新的嘗試。為了尋求新的寫作方式，他追求「不合常規」的美學，展現作品的獨特個性。「求新求異」可以說是這種美學的闡述。在港版《酒徒》的序文中，他有比較詳細的分析這方面的主張，傾向以標新立異的方式探求內在真實，尤其是在複雜的現代社會，需要小說家以橫斷面的方法再現人物飄忽的心靈、幻變的心理、不定向的思想等。在他看來，「標新立異」是一個中性詞語，但對小說家來說，意義深刻，是文學創作進程必然的發展方向。「標新立異」的方式能描繪許多都市人的失落面，表現人物種種的思想和感情，重塑人物的內在本質，是苦悶時代下現代人的精神出路。這是他的「娛己」小說的要點，也是「創新」理念的基石。

二、「創新」的實踐

在「不合常規」的創新性上，最廣為熟悉的是《酒徒》、《對倒》、〈打錯了〉等。《酒徒》以意識流手法展現上世紀六十年物慾橫流的香港，文化人在商業化的都市狹隘中掙扎求存。酒徒濫寫武俠、色情、庸俗的「垃圾」文學維生，反映轉型期的香港貧富不均、道德敗壞、

人際疏離等社會問題。所謂意識流，是指人物的意識（如清醒意識、無意識、夢幻意識等）如流水一樣流動，而不是片斷式的銜接。這種手法有利表現人物腦海裡的不合邏輯、雜亂的思緒。因此，作家在寫作上能夠消滅時空古今的觀念，更好地表現人物內心世界，充分重現社會中的人物的孤獨感、疏離感、壓迫感等。《酒徒》是中國現代小說史上第一本意識流的長篇小說，地位舉足輕重。在九十年代中期，《酒徒》兩度被改編成電視劇。2010 年，又被黃國兆搬上大銀幕。

　　沒有故事的《對倒》的故事是發生在 70 年代的香港，兩個主人翁分別是 1949 年為逃避戰火從上海移居香港的中年男子淳于白和在香港土生土長的少女阿杏。兩個平凡的人，兩種平凡的生活。但兩人的故事互相交織，像對倒郵票一樣，使故事變得不平凡。以雙線並行結構展現故事，短篇《對倒》共有四十二章節，長篇的則有六十四章節，一個章節描述一個人物，獨立成章，看似沒有情節，結構鬆散，但卻是鏡像的模式。中年男子對過去的懷念，年輕少女對未來的憧憬，表現人物似是沒有現在，在時間的軸線上只有過去和未來。劉以鬯在《對倒》的序文中，表示「寫這部小說的促動因素是兩枚相連郵票：一九七二年，倫敦吉本斯公司舉行華郵拍賣，我投得『慈壽九分銀對倒舊票』雙連，十分高興。郵票寄到後，我一再用放大鏡仔細察看這雙連票的圖案與品相，產生了用『對倒』方式寫小說的動機。『對倒』是郵學上的名詞，譯自法文 Tête-Bêche，指一正一負（準確地說，應為一正一倒）的雙連郵票。」在七十年代，以雙線並行結構寫小說是非常創新的。「用一正一負的方式寫小說，會形成『雙線並行發展』的另一種『雙線格局』。這種寫法，雖然充分發揮對比作用，卻不易構成吸引讀者的興味線。香港報紙的負責人多數重視經濟效益，刊

登的連載小說必須有離奇曲折或纏綿悱惻的情節去吸引讀者追讀，像『對倒』這樣沒有糾葛的小說，縱有新意，（至少我自己認為這是嘗試性的寫法，）也不可能得到報館方面的讚許。因此，寫了一百多天（每天一千字），我將它結束了。」可見，創新是劉以鬯的文學觀念，更是推動自己作出不斷的嘗試，超越自己。這種方式表現文人對文學的自覺性追求，也適時地在文學創作與市場需要中找到平衡點，是「娛人」與「娛己」並行的折衷方法。《對倒》和《酒徒》獲王家衛分別改編成電影《花樣年華》（2000）和《2046》（2004）。劉以鬯的小說再次引起關注，在華語文壇產生廣泛的影響。〈大眼妹和大眼妹〉、〈兩夫婦〉、〈八號與大頭仔〉等微型小說，也有類似的鏡像模式，故事中的一個人物是另一個的人物倒置，折射自己的種種行為，人們只看到外在的本質卻看不到內在的實質。

　　〈打錯了〉寫於 1983 年，劉以鬯據當日一樁車禍報道，因為一個打錯了的電話改變了男主角陳熙的命運，逃過死亡一劫。內容看似簡單，其實包含豐富的人生哲理。他以大部分相同的情節、篇幅和文字的復沓方式，說明人生中的重複是「常態」的，但因為一個小插曲表現時空交錯與人生易位，帶出命運的偶然性，屬「變態」。劉以鬯稱這些重複文字的技巧是「時間的蒙太奇」，收錄於《打錯了》的七十篇微型小說，部分的手法也有類似電影鏡頭的剪接方式，或表現人物的思緒混亂，或表現人物遭遇的壓迫性，等等。〈打錯了〉被譯成英文、法文和日文，也獲選入二十幾種選集和報刊，備受文壇重視。其他的如〈天堂與地獄〉、〈動亂〉、〈吵架〉等，也是創新之中的代表作，以物件推動人物和情節，從物件中重構人物形象。

三、「創新」的根源

在創新不斷的文學路上，除了轉化西方寫作手法為己用外，劉以鬯不忘繼承和創造中國文學，一是再創造中國傳統文學、歷史人物等，二是吸收五四文學理論與作品。《甘榜》收錄十三篇短篇小說，主要是三十至七十年代在內地和香港報刊發表，相對地有關它的研究比較少。〈年紀輕輕〉寫「死水文社」創辦人之一的蕙芳，傾心於畫抽象畫的畫家畢加，對一直守護自己的文社成員鄒立德視而不見。這是一個愛情故事。實際上，劉以鬯藉人物表達他對當時香港文學的看法。鄒立德表達對新詩的憂慮，「文學作品貴乎獨創，是每一個文學愛好者都明白的道理。現階段的新詩作者們，大部分都在努力製作內容與形式都十分類似的新詩，不但不會開花結果；而且遲早會走到 Dead End 的。」劉以鬯真實地反映商品般複製的香港文化生態環境。蕙芳阿諛畢加，強迫自己接收「諸如達達主義，立體主義，超現實主義，表現主義，未來主義，野戰派……等等，以示其興趣與畢加十分接近。」畢加遷出後並與愛人結婚，蕙芳大受打擊以殺蟲水自殺不遂，從此對文學失去興趣，滿腦子只有如畢加般的很長的頭髮與一對很大的眼睛。後來，來了一個有畢加般外表的新租客，是一個在夜總會工作的吉他手，蕙芳隨即找到新的傾慕對象。劉以鬯藉助以蕙芳為代表的追逐西方主義者，暗示一個「主義」還來不及告退，人們又轉投另一個「主義」的懷抱，但是他的態度是開放的。在港版《酒徒》序文中，他認為各種「主義」是一個此消彼長的演變過程，以「新的」代替「舊的」，文學作品才不會停留在某個階段或水平。以堅守嚴肅文學為代表的鄒立德，是文壇的捍衛者，他呼籲「死水文社」會員自掏腰包出資印刷特刊，積少成多，重申特刊的意義。「——特刊，本身

是有其存在價值的，尤其是在香港這個地方，文章已變成商品，我們必須設法保持這個園地。」然而，鄒的堅持只是換來會員的沉默不語。「死水文社」變成「死水」，特刊告吹，但鄒沒有放棄文學和自己，計劃以三年時間完成一部百萬字的長篇小說。鄒告訴蕙芳「從事嚴肅的文學工作，原是一種苦役。我是不會灰心的。」這是劉以鬯的心聲，他告訴讀者，香港文學舉步維艱的文化生態環境。在中國文學步入現代化進程的一百年後的今日，西方的各種主義與現代小說的關係，甚至是香港文學與商品的關係，仍然值得我們探討。可見，劉以鬯的見解是超越時代的。〈烤鴨〉寫一個「東方通」的美國人威廉，熟讀《中國哲學史》、《金瓶梅》等，告訴讀者一個美國人古佛烈到北平（現為北京）遊歷的故事，當中出現種種誤解：烤鴨、人力車、人力車夫、北平的人情味，表現文化的落差，又是葉公好龍的延續。在認識、了解、吸收各種文化的同時，需要的是自己的實踐。

　　劉以鬯再創造中國傳統文學，如《寺內》、〈崔鶯鶯與張君瑞〉等，直接從王實甫《西廂記》轉化過來，藉助時空錯亂的方式，把經典文學的人物行為置入現代人的內心。《寺內》是一部詩化的中篇小說，以「小飛蟲」、「牆」等意象展開情節。如「小飛蟲」的飛來飛去暗示崔鶯鶯與張君瑞二人的情欲欲罷不能，又以它見證他們的愛情故事。其他新詩常見的技法，如排比、復沓、借代、擬人等的運用，也加強崔張愛情的纏綿、起落、變化等。詩化的文字也見於《酒徒》中主人翁的「潮濕的記憶」，「生鏽的感情又逢落雨天，思想在煙圈裡捉迷藏」，更加表現人物內心幻化的狀態。〈崔鶯鶯與張君瑞〉可以說是《寺內》的簡化版，淨化二人的內心世界，昇華愛情本質。故事具體刻劃二人逐一脫去衣服的種種行徑，直至赤裸著身體睡在被窩

裡為止，惜二人不能共枕，因為中間隔著一道牆壁，張睡在西廂，而崔則睡在別院。除了展現原典的精粹外，它也表現人與人之間的疏離，縱使能夠赤裸裸地展示自己的軀體，卻又要緊裹在被裡，甚至加上一道牆壁。其他的如〈孫悟空大鬧尖沙嘴〉、〈除夕〉、〈蛇〉、〈追魚〉、〈蜘蛛精〉等，也有故事新編的成分和意義。故事新編，是指再創造廣為人熟知的題材或人物，以現代性手法再現經典作品或人物的精粹，便於新舊作品的傳播與接受。小說家以重新詮釋故事的方法來延續文學經典，而自己的作品或許是原典的另一個層面，屬現代性的領域，具啟示意味，產生新的審美效果。而劉以鬯也開拓歷史人物的故事，如〈迷樓〉中的煬帝的酒池肉林、〈北京城的最後一章〉中的袁世凱的暴戾等，把扭曲了的人性和心理推向極點。

　　劉以鬯也吸收五四以來的小說，除了承接魯迅《故事新編》外，也有一些是淨化長篇小說的作品，如〈土橋頭——烏九與蝦姑的故事〉、〈甘榜〉等。〈土橋頭——烏九與蝦姑的故事〉寫車夫烏九由奮發上進的好青年到淪為乞丐的故事，夾雜著烏九與蝦姑的朦朧愛情、與老闆娘「扁啊」的曖昧關係。這個故事的獨特之處，是人物對白保留大量的馬來話，再現社會底層人物的性格、形象、思想等。可以說，這個故事容易讓人聯想到老舍的《駱駝祥子》。《駱駝祥子》寫北京城的車夫祥子的墮落過程。兩篇小說都是反映在大城市下，小人物的個人奮鬥不敵社會環境、個人命運等悲劇色彩，也表現生命之中的種種巧合、偶然、誤會等元素，造成人類的悲劇。〈甘榜〉寫住在甘榜河北和河南的妮莎和張細苔，因他們分別喜歡唱歌和吹簫而暗生情愫，惜二人不能交往。輾轉下，張細苔從父親那處得知原委，妮莎是的他的同母異父的妹。〈甘榜〉瀰漫著沈從文《邊城》的愛情悲

傷色彩，而有所變化。兩篇小說都是反映人類的命運悲劇，生命中到處都是偶然的。這兩篇小說是承接五四文學的感傷色調，作品除了展現南洋的地方色彩外，故事扣緊社會現實，更多的是滲透著人們不能主宰自己命運的憂傷。在寫作手法的創新上，就是以馬來話入文，保留地方色彩，刪減大量的枝節，讓故事更為緊湊，營造悲傷色調。於此，劉以鬯以沖淡的手法來展現原典的面貌，而另有創新，就是注入時代氣息與地方色彩。

四、結語

　　劉以鬯選擇以小說「娛人娛己」，順應上世紀報刊連載小說的蓬勃景象，也符合讀者的需要，更可以解決生活所需。但最重要的是，他的「求新求異」的小說是回應陳獨秀〈文學革命論〉的「三大主義」、胡適〈文學改良芻議〉的「八事」、魯迅文學革新論、梁啟超以小說救國論等。從內容到形式上，劉以鬯肯定平易、寫實和通俗的五四文學，突出小說的社會功能，並從實驗的角度開拓香港文學，與中西融合的方法與思想互為因果，以「創新」作為文學理念的實踐主軸，創造一部香港人的心靈史。劉以鬯以高尚的情操、廣闊的思想和創新的文學理念，通過小說清楚地告訴我們在香港這個特定的商業城市裡，在特定的時期上，現代社會人物內心的真實情況。凡此種種足以展現香港文壇巨人的風骨，留下來的作品是世界華文文學的遺產。

參考文獻

劉以鬯：《酒徒》，遠景出版事業公司 1987 年版。

劉以鬯：《寺內》，中國文聯出版公司 1995 年版。

劉以鬯：《對倒》，獲益出版事業有限公司 2001 年版。

劉以鬯：《劉以鬯小說自選集》，百花文藝出版社 2007 年版。

劉以鬯：《甘榜》，獲益出版事業有限公司 2010 年版。

劉以鬯：《酒徒》，獲益出版事業有限公司 2015 年版。

劉以鬯：《打錯了》，獲益出版事業有限公司 2015 年版。

劉以鬯：《多雲有雨》，三聯書店 (香港) 有限公司 2018 年版。

卡勒 (Culler, Jonathan) 著，李平譯：《文學理論》，牛津大學出版社 1998 年版。

楊冬：《文學理論——從柏拉圖到德里達》，北京大學出版社 2012 年版。

潘亞暾：〈創新　培苗　橋樑——訪香港老作家劉以鬯先生〉，《華文文學》1987 年第 3 期，第 57-59 頁。

江少川：〈香港作家劉以鬯訪談錄〉，《世界華文文學論壇》2004 年第 1 期，第 77-78 頁。

東瑞：〈我的文學老師劉以鬯〉，《美文 • 上半月》2017 年第 1 期，第 42-45 頁。

原載《香港文學》2018 年 8 月號總第 404 期，頁 48-51。

劉以鬯小說的重複敘事美學

　　重複現象是自然現象的一種，如日月升沉、四季交替等，而人們的日常生活也是日復日地重複。劉以鬯結合現實主義和現代主義，就是通過小說的虛構世界，呈現真實世界裡的重複現象。劉以鬯小說的重複現象是傾向於「尼采式的重複」，從差異性的角度出發，以重複敘事的美學表現人物活動中的反同一性本質，例如人與人之間的差異、人與環境之間的衝突、人與自我之間的內在矛盾，等等。修辭技巧中的「重複」，主要是指詞、詞組或句式上的重複，但這些技巧早已不能滿足劉以鬯「求新求異」的創作需要，他轉而探求拓展篇章結構上和文學技巧上的重複。因此，在劉以鬯小說的敘事過程中，「重複」技巧往往肩負起支撐結構、建構情節、突顯主體、刻劃人物性格、加強內在的真實等重要功能。

一、重複敘事的概念

　　希利斯·米勒在《小說與重複》中，探討小說普遍存在的重複現象，有語言成分的重複、隱喻方式出現的重複、事件或場景的重複，等等。在米勒看來，小說的重複形式多變，但離不開兩種類型。[1] 第一類型是「柏拉圖式的重複」，它植根於某個原型模式，重複因素之間的相似以建立在與那個原型的關係上，因而成為文學中摹仿概念的基礎。這種的重複強調文學與歷史之間有一種摹仿、再現的關係，是

現實主義小說的預設。第二類型是「尼采式的重複」，它假定世界建立在差異的基礎上，每件事物都是獨一無二的，因此，重複因素之間的相似缺乏一個根基，這個世界也不是摹本，而是吉勒 • 德勒茲所說的「幻影」或「幻象」。這種重複強調文學戲劇化表演，開拓文學如何創造歷史，是現代主義小說的預設。「柏拉圖式的重複」是一種傾向現實主義的敘事模式。根據劉以鬯的分析，「寫實主義，要求作家通過他的筆觸『將社會環境的本來面目完全地再現』，這樣做，其效果遠不及一架攝影機所能表現的。」[2] 這是它的局限。但劉氏不反對它的基本原理，也接受小說摹擬現實的假設。[3] 也正因為它有其局限性，給予他重新思考小說的敘事空間，從而開拓另一個小說領域，就是結合現實主義和現代主義。現代主義的敘事模式能夠表現複雜的社會、飄忽的個人心靈、幻變的思想等，真切地表現社會環境及時代精神。[4] 因此，「尼采式的重複」更加能夠說明劉氏連續不斷的創造力，他擴大寫作的範圍，深入探索人物的內心世界，推動一系列實驗性的小說。在劉氏的「新」的小說中，他的重複敘事的目的並不是單一的複製文字，而是以這個手法帶領讀者走入他的「真實性」的小說。無論是長篇、中篇、短篇小說，甚至是微型小說，他都能夠靈活地因應篇幅、主題、情節等的需要，仔細考量運用哪一種重複敘事的方法，在語言文字、人物形象、故事情節、敘事角度等方面，創新不斷，成就「與眾不同」的小說。總的來說，我們可以歸結他的小說的六種「重複」技巧：前後式重複、聯結式重複、間隔式重複、連續式重複、迴環式重複及結構重複。我們稱之為重複敘事「六層塔」，一層一層地說明劉氏的「重複」技巧的特色和意義。

二、劉以鬯小說重複敘事的類型

(一) 前後式重複

　　前後式重複，是指故事開頭和結尾運用相同的重複技巧，達到互相照應的效果。《酒徒》運用不少「重複」技巧，帶出不同的敘事功能。酒徒多次借酒麻醉自己，在第一章及第四十二章先後重複「一杯。兩杯。三杯。四杯。五杯。」首尾照應酒徒自我放逐的行為，遂走向墮落的命運。在篇章結構上，這種重複的技法往往反映酒徒重複猛烈喝酒的行為，酗酒的程度十分嚴重。小說因此達到前後照應的目的，起著支撐結構的作用。〈一九六九年的彗星〉先重複四間電影公司老闆對蓮蓮的劣評，後重複他們邀請蓮蓮拍片，反映人情冷暖，構成前後對照的效果。這是重複敘事「六層塔」的第一層，屬最淺層的重複敘事模式，與篇章首尾照應的寫作手法相近，展現小說的主題，是小說基本元素之一。

(二) 聯結式重複

　　聯結式重複，是指重複與重複敘述之間存在連接、結合的關係。《酒徒》的第二章、第七章、第十一章、第二十二章、第三十三章、第四十二章等的「一杯。兩杯。三杯。」各自聯結成一個一個情節，再串連成一個有系統性的情節，呈現聯結式敘事模式。這種重複的技巧能夠建構情節。第二章，酒徒每喝完一杯酒，就出現一個人物，聯結酒徒生活圈子裡那些相識與不相識的人物。包租婆催促房租和報館雜工催促稿件，反映酒徒被催逼的情況，但他仍然杯不離酒。第三個出現的人物是不相識的中年婦人，她指著酒徒亂罵一通，顯示現實社會中的怪誕事情所造成的干擾。其後的「一杯。兩杯。三杯。」的出

現，反映酒徒總是為自己需要喝酒找到合理的解釋，而他身邊的人物的出現就在預期與非預期之中，造成他的思緒起伏變化。第七章的是用來避開司馬莉的挑逗，第十一章的是要延長與張麗麗的相處時間，第二十二章的是用來說服自己楊露與司馬莉在本質上是不同的，第三十三章的是用來說明與楊露的感情發生變化，第四十二章的則是用來證明自己是存在的。不管是出於自願或是被迫，酒徒的「一杯。兩杯。三杯。」的喝酒舉動，構成自己走向墮落的過程，也聯結個人心理不平衡的總和。這是重複敘事「六層塔」的第二層，屬於比較淺層的重複敘事模式，與聯結句子的語意邏輯方式相近。它聯結小說的情節、人物關係等，是小說基本元素之一。

(三) 間隔式重複

　　間隔式重複，即重複敘述的文字在時間或空間上有一段的距離，非連續性的出現。《酒徒》的第五章的「一杯。兩杯。」四次間隔重複出現，表達荷門和酒徒的思想交錯，沒法溝通。荷門希望酒徒表達對五四以來的短篇小說、明日的小說、寫實主義等的看法，但酒徒不斷迴避這些問題，決意借酒引向電影、女人等話題上。這種間隔重複的技巧，往往能在人物對話中發揮作用。酒徒酒醉後大談文學現象，或有失真失實，卻被視之為合情合理，而酒後沒有焦點的意識也會浮現，表現他的繁雜思想。而第四十二章的「酒。酒。酒。」的五次間隔重複運用，顯示酒徒最終被張麗麗和報館離棄後，只有雷老太太視他為寶貝。酒徒無意識下接受雷老太太的三千塊錢，導致他的精神狀態達至錯亂的極點。「酒。酒。酒。」彷彿是來自魔鬼的聲音，與試圖想保持清醒意識的他，相互抗衡，展開思想上的角力。這種重複的

技巧可以突顯主體。第二章的「（酒不是好東西，應該戒絕。——我想。）」、第十五章的「（我必須戒酒，我想。）」、第三十五章的「（酒不是好東西，必須戒絕。——我想。）」等，酒徒在潛意識上知道酒不是好東西，告訴自己要戒酒，後一次語氣比前一次更加堅定。到了第四十一章，他直接說出：「我一定不再喝酒！我說。」到了第四十三章，他在日記簿上寫：「從今天起戒酒。」有了清醒意識後，酒徒先後向雷老太太和自己承諾戒酒，突顯戒酒與否直接連繫到自己的生命主體。但他遭受到一次比一次更加沉重的打擊後，已經不能夠控制自己，選擇繼續背叛自己，陷入酗酒的深淵。酒徒的人生經歷是虛構的，但劉以鬯卻成功地詮釋物慾橫流的商業社會，知識分子如何在狹縫裡掙扎求存的「真實性」。而上述提及酒徒沒有兌現戒酒承諾的重複現象即成為小說的主體，呈現酒徒反復墮落的輪迴過程，也能夠展現光怪陸離社會上扭曲了的人性。另外，這種重複的技巧加強內在的真實。作者善用間隔重複技巧，在第九章中間隔出現「戰爭。戰爭。戰爭。」共六次，酒徒憶述自己飽受戰爭之苦的過去，從過去的事件找到藉口，合理化現在這種買醉的生活模式；在第十二章中，「又過了一天」間隔出現了十六次，當中也帶有連續性，描繪酒徒在真實世界裡的真實生活，從現在的事實性加強小說中的虛擬人物的真實一面。

　　長篇《對倒》的瘦子帶著叫嚷吃雪糕的男童的畫面，在第七節和第十六節間隔重複出現，先後為在餐廳裡的淳于白和在電影院的亞杏所蹳見。它表現現實生活場所中重複出現的人和事，重現二人在都市中不斷地游離，扣緊雙線並行的結構。而在第六節、第三十五節等，亞杏多次想像一個「有點像柯俊雄；有點像李小龍；有點像狄龍；有

點像阿倫狄龍」的男人，能夠反復建構一個懷春少女的虛幻又不存在的世界，達到以「假」顯「真」的作用。《寺內》中的「牆是一把刀，將一個甜夢切成兩份憂鬱」間隔重複出現了十五次，順序排列崔鶯鶯與張君瑞的內心世界。〈蜘蛛精〉中的「阿彌陀佛」、「悟空你在哪裡為甚麼不來救我」等間隔重複敘述，以粗字體印刷方式，突顯唐僧抵抗蜘蛛精誘惑的痛苦心理。〈爭辯〉中的「他講得很對」、「他沒有講錯」、「他講錯了」等重複交替地運用，突出爭辯中的對與錯，布局巧妙。〈包租婆與三房客〉四次間隔重複包租婆二姑「心中一慌」的狀態，故答應三房客鄧榮的四個要求，後來又食言，反映房東與租客之間的矛盾。〈風言風語〉九次間隔重複「告訴你一件事情」，傳遞以訛傳訛的生成過程。這是重複敘事「六層塔」的第三層，屬中層的重複敘事模式，與修辭技巧中的間隔反復相近。在文本外部來看，這些重複敘述的文字也會交替運用，在主題、情節、事件等各方面，錯落有致地突顯現實世界裡的重複現象，是劉氏小說裡比較明顯的特色之一。它具有現實主義精神，在表現形態上近似生活的原貌，在日常生活中相似的事件會在某個時間或空間上，間歇性的重複出現。

(四) 連續式重複

　　連續式重複，是指連續不斷地重複相同的敘述。《酒徒》的第八章、三十六章等，以連續重複技巧表現時間一小時又一小時地過去，刻劃酒徒在現實世界中的刻板生活，更好地表現日常生活中時序的重複現象，呈現外在的酒徒與內在的酒徒的心理不平衡現象。同時，作者善用連續重複技巧，刻劃人物性格。在第三章中，酒徒自述是一名失敗者，連續五次以「在張麗麗面前，我」作為起始句，表現自卑的

心理；在第四章中以連續二十六次「輪子不斷地轉。」帶出酒徒的「所有的記憶都是潮濕的」；在第六章中，酒徒在現實中不能夠得到基本的滿足，連續十四次以「我欲乘坐太空船去到很遠很遠的地方」作開頭，虛擬一個不存在的世界來確立自己的存在價值。在第十章（B）、第二十二章、第二十五章、第三十五章等，則運用連續重複技巧表現酒徒眼中的外在世界，如楊露、香港新文學圈、商品等認知與理解，大量以連續重複的技巧重複商業化社會的世情、文學、人性等現象，給予讀者屏息、壓迫的感覺。

　　長篇《對倒》以多次的連續重複技巧表現淳于白不斷懷緬過去的思緒。如第一節連續十四次以「然後見到」作開頭，通過淳于白的眼睛看到一系列不相關的人物，第十三節連續十次以「在那本書中，」、第四十八節連續五次以「二十多年前，」等作開頭，顯示如煙的往事經常在他的腦海裡重複出現，突顯人物依靠回憶過去來確定當下的自己的存活。這裡所用的重複技巧，是寫實的一種，表現都市中部分游離人物的生活模式。但劉氏為它注入人的精神世界，在存在的世界裡重構不存在的東西，表現人與社會環境、人與人、人與自我等關係的異化。這種連續重複的方式恰好地揭示這個異化的主題，讓人思考現實社會中許多值得思考的問題。《寺內》中，崔氏重複三次地想：「（那牆並不高，他為甚麼不跳過來？她想。）」反映她不受傳統思想束縛的內在面，渴望與張氏歡愉。小說中的人物對話也有大量的重複，一是話輪的重複，如法聰和尚、長老和老夫人重複「大禍臨頭了！」一句，突顯孫飛虎介入崔張之間，形成緊張的局面。二是事件目的的重複，如崔鶯鶯為了顧及大局委屈自己嫁給孫飛虎。作者因應不同的情節需要，以重複說話方式帶出人物的處境。類似的方式也見於老夫人向張

君瑞敬酒、張氏病倒了、老夫人與張氏的對質等，巧妙地寫人狀事。

微型小說中的連續重複技巧，所展現的作用是多樣性的。〈多雲有雨〉以連續五次重複「二〇〇〇年十一月七日，多雲，有雨，天文台懸掛一號風球。」突出故事的中心句「天文台的一號風球已經掛了幾十個小時！」在末處畫龍點睛，顯示在靜止的天氣下，不同人物有不同的活動，以「下午兩點鐘」、「下午兩點鐘一刻」、「下午兩點鐘半」、「下午兩點鐘三刻」、「下午三點十分」的時序重複方式，顯示時間緩慢地流逝，與靜止的天氣相互輝映，當中又穿插著人物的動態。時序的連續重複方式，也見於〈一個香港人〉、〈兩夫婦〉等微型小說，反映都市人的機械式的生活。〈寒風吹在臉上像刀割〉中，連續四次重複「車夫繼續跑了幾十步，我回頭觀看，母親依舊站在人行道上，向我揮手。」銜接前後段所述「母親依舊站在人行道上，向我揮手」，如一組電影鏡頭推移母親的動作，帶出她對兒子的不捨之情，更加內化母子之情，從中突出今次的生離與死別無疑。這裡所用的重複技巧，能夠暗合外在的環境與人物的內心。這種鏡頭式的連續重複敘事也見於〈追魚〉，推動讀書人追魚的過程。〈年宵市場〉小說末，亞財四次走到「F園」的攤位，重複問桃花價錢，反映人物的無聊行為，也說明花價隨著時間的推移而下降的事實；〈文仔怎樣度春節〉小說末，文仔在作文簿上重複寫了年初一到初三重複拜年、吃油角、吃蘿蔔糕等，反映春節期間的重複活動。這是重複敘事「六層塔」的第四層，屬於比漸深層的重複敘事模式，與修辭技巧中的連續反復相近，是劉氏小說最明顯的特色，也具現實主義精神，往往呈現日常生活裡的重複現象。

(五) 迴環式重複

　　迴環式重複，是指以重複敘述文字表現人物向前尋索，但又重複回顧過去，思維在修正又修正之中向前推進。〈猶豫〉有不少反覆迴環重複方式，加強女主人翁在感情路上及去與留的猶豫，讓讀者走入人物的反復思緒之中，強烈地感受人物的猶豫心態。作者大量運用「回上海去吧」、「我能不回上海？」、「我應該回上海去」、「還是回去吧」、「我怎麼可以留在香港不回去？」等反復心理現象，又陷入假設狀態之中的迴環，突出女主角的內心掙扎的疊層現象。命運的安排和人們的生活選擇同中有異，異中有同，間有重複，起著疊層作用。疊層是德勒茲提出的思想概念佈置，「其中分佈著疊層、皺折、特異性、多樣性、圖示、域外與域內、視——聽隔離、雙重性等」。[5] 每片疊層都是可視與可述的分派作用形成於上，由一片疊層疊至另一片疊層上，都會產生分派作用的變異，於是可視的模式和可述的體制也隨之而改變。這是人們思想差異的重複，使重複成為一種力量，繼而產生新的事物，人物在前行與回顧之間反復把內心的掙扎疊層。〈猶豫〉的女主角反復地表示自己有很多要回上海的理由，如找不到工作、不想依賴姐夫、照顧在上海的家人等。同樣，「我願意住在香港」、「我願意在這地方住下去」、「我留在香港，因為我喜歡香港」等思緒，疊層而起，反映女主角反復以肯定的語調說服自己要留下來，如自己必須有工作、可以申請家人來港、開始新的人生等。這些處於在回去上海或留在香港的反復迴環重複敘述，是小說生活場景的過渡，也是銜接女主角因意志不定而產生的內心衝突，處處呈現女主角在事件和感情處理上存在反復的矛盾心理現象，層層推進人物在適應新環境上，內心世界強烈多變的情緒。至於在找工作、根生的精神病、照

顧姐姐遺留下來的孩子、愧對在上海的媽媽和孩子、姐夫待她好、對徐弘有好感等方面，劉氏也是以這種重複敘事方式，深化女主角猶豫不決的心態，以層層疊疊方式勾劃人物內在的澎湃思緒，讓讀者感受她處於兩難的局面。

　　這種重複敘事適用於直接表現人物內心獨白與思想，由此推進事情發展並確立小說的主體，應用在《他有一把鋒利的小刀》更為出色。劉氏以十萬字圍繞亞洪的搶劫心態推開劇情，搶劫事件、搶劫新聞、電梯裡、樓梯上、手袋、彈簧刀等反復地迴環出現，以粗字體印刷及括號方式，帶出亞洪的內心世界：「（星期日早晨要陪洗彩玲到大嶼山去。不能沒有錢。）」、「（今天晚上，一定要設法搶到一些錢。）」、「（不帶刀，怎能搶到手袋？刀子是一定要帶的，要不然，別人就不會害怕。別人不害怕，當然不會將手袋交出。）」、「（既然存心要搶別人的錢，不能不拿點勇氣出來。）」、「（現在流行方頭皮鞋；但我還穿著尖頭皮鞋。）」等等，闡述信念是個人實現自我的關鍵。亞洪相信手中有刀就會搶到手袋，有了手袋就會帶給他金錢，有了金錢就可以和洗彩玲一起。隨著星期日約會的迫近，逐步把亞洪推向滅亡，他打劫郊區車廂中的男女，混亂中刺傷了男的一刀，逃跑中又刺死了兩隻狗。最後他打劫成功，卻因為刺傷受害人，反復地思考會否被警方發現、傷者會否死去等，重複混亂的思緒令事件再生枝節。因為洗彩玲的失約，他喝醉酒、玩女人、賭錢、押贓物，這些事情如鬼魅般重複出現，密不透風地勾劃意志薄弱的人性，人物再次面臨新的考驗。劉氏精密地刻劃一個喪失理智的人性，為了女人、金錢而弄出命案，把黑暗的人性推向極致。另外，從文本內部來看，〈珍品〉中的「花了五千元」、「用五千元買來的」、「花了五千塊錢」等反復

地迴環出現，突出岑恕手上的郵票價值非同小可。郵票店老板一不小心潑了膠水在那張「暫作叁角」的珍郵上，與岑恕反復爭辯背膠的郵票、賠錢、將膠水浸掉、浸水的時間、齒孔裂開、洗掉了膠背、賠償損失等，處處存在疊層現象，把二人的矛盾和衝突發揮得淋漓盡致，真切地反映現實世界中有很多事件是不能夠解決的。迴環式重複存在於人的內心之中，每個行為都是圍繞著每次思想而迴旋，深刻呈現人物靈魂深處的黑暗面，也能夠真實地揭示現實社會內在的腐朽。這種技巧也見於《酒徒》，酒徒的喝酒行為、戒酒意識、寫黃色小說換取生活保障等矛盾思緒，反復地在他的思海裡迴旋不去，在進與退之間失去自我。這是重複敘事「六層塔」的第五層，也屬於比較深層的重複敘事模式，與語法上的迴環結構相近，揭示事物的辯證關係。這可以說是劉氏小說的典範，它恰好地表現人的差異性的思想，世間事物裡存在著非邏輯的因果關係。它與現代主義中所呈現的意識流小說、荒誕派戲劇、超現實手法等，有異曲同工之妙，呈現人與社會關係的異化層面。

(六) 結構重複

　　結構重複，是指重複執行某段落的敘述文字。微型小說〈打錯了〉是中劉氏小說裡最突出的重複敘事模式。〈打錯了〉以四分之三的重複篇幅，表現日常生活的恆常性，第二段文字加插一個打錯了的電話，表現人生易位的偶然性。這種結構能夠呈現哲理性的思考，「打錯了的電話」成為事件的差異源由，造就主人翁一悲一喜的相反結局。這是重複敘事「六層塔」的第六層，屬最深層的重複敘事模式，與篇章結構完全相同的模式相近，突顯空間、時間、命運等的斷裂關係。這

可以說是劉氏小說的創新之處，後來者寥寥。

三、結語

　　在劉以鬯小說的重複表現形態中，我們歸納為重複敘事「六層塔」模式，揭示小說的外在和內在的結構和關係，也比較清晰地從多角度分析當中的美學。而《酒徒》的重複敘事方法尤其突出，是「六層塔」中的集大成者，但相信仍有掛一漏萬之處，有待研究者再探究劉氏小說的敘事美學。縱使時代、環境等不同，但在今日看來，劉以鬯先生的小說仍然是創新的小說，讓我們繼續敬仰他的「求新求異」的創新精神。

原載《文學評論》2018 年 8 月號總第 56 期，頁 51-58。

1. 楊冬：《文學理論──從柏拉圖到德里達》，北京大學出版社，2012 年，第 597-598 頁。
2. 劉以鬯：〈序〉，《酒徒》，獲益出版事業有限公司，2015 年，第 16 頁。
3. 劉以鬯：〈我怎樣學習寫小說〉，《他的夢和他的夢》，明報出版社有限公司，2003 年，第 356 頁。
4. 劉以鬯：〈序〉，《酒徒》，第 16 頁。
5. 吉勒 • 德勒茲著，楊凱麟譯：〈譯序〉，載《德勒茲論傅柯》，麥田出版社，2003 年，第 11 頁。

劉以鬯小說的流動形態結構

　　劉以鬯小說的結構模式是靈活多變的，以「求新求異」的文學觀念，推動一系列實驗小說的誕生。在繼承中國傳統小說、新文學等特色上，劉以鬯善用常見的小說結構，如線狀結構、網狀結構、畫面結構、象徵結構、寫實結構、散文結構等。在自覺地吸收現代主義小說及把歐美文學理論和技巧之長轉為己用上，他開拓小說結構的範式，如雙線並行結構的《對倒》、鏈條結構的〈鏈〉、橫式結構的《島與半島》、複式結構的〈打錯了〉，等等。凡此種種創新性的結構，反映他能夠站在超越時代的角度來看文學，從接受西方主義中建立自己的理論和技巧，又在重構傳統文學中賦予現代性的意義，以小說形式或結構推動內容上的創新，形成流動形態結構的特點，創造一系列「與眾不同」的小說，給予「新」的小說另一種演繹方式。正因如此，他創造一些新穎的小說結構，如長篇小說《香港居》的流動式結構推動情節、短篇小說〈時間〉的迴環式結構展現人物的內心世界、微型小說〈七叔的煩惱〉等以層層遞進式結構表現人物的命運的轉變，等等。這些結構都是他自覺地通過小說來表現自己的創作個性。此一自我創造精神背後，呈現劉以鬯以「新」的文學觀念，發揚文學作品的本質及表現時代的人文精神，故本文以小說結構為視角，窺探一二。

一、小說結構的繼承

　　結構，是一部小說的重要框架，串連小說內部組織與外部形態，建構小說的不同組件如人物、環境、情節等。常見的小說結構有線狀結構、網狀結構、畫面結構、象徵結構、寫實結構、散文結構。線狀結構是按照時間的自然順序、事件的因果關係等，從頭到尾地敍述，如中國傳統小說、老舍《駱駝祥子》等。而收錄於《甘榜》中的短篇小說便是例子。如〈土橋頭——烏九與蝦姑的故事〉順序講述車夫烏九的墮落故事、〈甘榜〉敍述妮莎與張細峇的愛情悲劇的因由、〈愛看鮮血的女人〉敍述朱蘭借亞洪之手殺死自己的母親的錯亂行為，等等。這是一種簡單的結構，加強小說的真實感，讀起來一氣呵成。網狀結構是以人物的內心活動為中心，折射片斷式的情節，即西方的意識流小說如普魯斯特《追憶逝水年華》，心理小說如魯迅〈在酒樓上〉，或獨白式小說如郁達夫〈沉淪〉。劉氏代表作《酒徒》以意識流為框架，寫酒徒的清醒意識、無意識、潛意識、夢意識等思想的流動，走入又是文化人又是酒徒的內心世界，當中又有大量的內心獨白，表現苦悶時代下知識分子的不平衡心理。其他的如《他有一把鋒利的小刀》、〈副刊編輯的白日夢〉、〈春雨〉、〈猶豫〉等，也有類近的結構模式。這是現代主義在小說領域上的開拓，著重勾勒現代性都市下的扭曲人性、孤寂心靈、焦慮不安的本質等。畫面結構是以景物、場面為中心的畫面式情節刻劃，如沈從文《斷虹》。現代畫面結構小說主要是指二十世紀五、六十年代產自法國「新小說」派的作品。劉氏的〈吵架〉以散亂一地的物件如破碎的花瓶，表現夫婦吵架時的激烈情況，也反映人物的生活條件。〈動亂〉以十四個物件如吃角子老虎機、石塊、汽水瓶等，記錄香港六七暴動。這是一種聚焦畫面的結構，如電影鏡頭的運用，藉著物件的表象，表達人物的感情，產生獨特的視覺效果。

象徵結構是以意象推動形而上的抽象意念的情節，如卡夫卡《變形記》、魯迅〈狂人日記〉等。劉氏的《寺內》反復運用「小飛蟲」、「鸚鵡」、「麻雀」等意象，表達真實人性的起伏變化。〈春雨〉以連續不斷的春雨象徵雜亂的思緒，反映時代的氣息。象徵主義含有寓意、暗示、隱喻等作用，應用在文學領域上，作家通過對本體事物特徵的突出描繪，使讀者產生由此及彼的聯想，從而領悟作家所要表達的含義，也可以延伸描寫的內蘊，創造一種藝術意境以引起人們的聯想，增強作品的表現力和藝術效果。寫實結構是通過平凡的事物、人物、生活等，表現人性的原始特質和人生的種種境況，如沈從文《邊城》。這種新的寫實結構，可謂是現代主義小說和現實主義小說的結晶品，以寫實的方式反映社會本來的面貌，探求內在的真實。劉氏認為「傳統現實主義小說在摹仿生活時，單寫外部真實，是不足夠的，為了擴大覆蓋面，有必要深入人物的內心。」「寫實」早已不能滿足他的「求新求異」的精神，故需要適時引入現代主義的特點。收錄於《打錯了》、《天堂與地獄》等的小人物小故事，拼湊成一個又一個香港底層人物的故事，如二房東與三房客、舞客與舞女、集郵者與郵商、丈夫、太太與情人、父與子等多種關係與感情，涉及不同的人生經驗，拓展香港文學的書寫領域。散文結構是以散文的片斷式敘述不連貫的故事，如汪曾祺的小說。這種結構也見於劉氏的作品，如〈渡輪〉、〈錯體郵票〉、〈他的夢和他的夢〉、〈旅行〉等，採用散文形式建構一個虛擬的世界，自然天成。還有新詩結構，如劉氏的《寺內》、〈遊戲〉、〈春雨〉等，嘗試用小說形式寫詩體小說。「在古代，小說是包括在散文內的。到了現代，文學作品被劃分作四種體裁，小說與散文隨即分家，成為兩大式樣。」作家結合散文、新詩和小說，發揮不同文體

各自的長處，更好地呈現自己的思想與作品的內涵。以上的小説結構模式為劉以鬯所繼承，並轉化為有個人風格的基調，把社會和生活場景轉移到香港，再現香港的人、物和事進入現代社會後所出現的種種可能性，關注人的精神世界。

二、小説結構的創新

　　除了以上的繼承外，劉以鬯更多的是開拓小説結構，秉持「文貴創新」的理念。廣為熟悉的有雙線並行結構如《對倒》，寫一名中年男子淳于白與一名少女阿杏的平凡故事，以對倒郵票的方式，展現人物緬懷過去和憧憬未來的並行發展。這種結構能夠呈現在相同的空間下，人物有著不同的時間觀念，更好地表現都市人那種擦身而過的疏離關係。鏈條結構如〈鏈〉、〈天堂與地獄〉等，以一個人物的退場連接另一個人物的出場。〈鏈〉由陳可期始到何彩珍終，連續寫十個相識或不相識的人物。這種結構如電影鏡頭的淡入和淡出方式，緊扣著熟識與陌生的人物，連接起社會上不同人物的生活方式。橫式結構如《島與半島》，把虛構的人物放在真實事件中，他稱之為「另一類雙線敘述」。這種結構能夠以空間形式來探求個人的幻變不定的心理，真切地反映社會環境和時代精神。複式結構如〈打錯了〉，以四分之三相同的篇幅作為骨幹，加插一個打錯了的電話表現人生易位的偶然性。這種結構能夠呈現哲理性的思考。與複式結構相似的有複式敘述文字，或稱為複調敘事方式，表現人物的感情宣洩，如備受作者重視卻沒有受到學界注意的〈猶豫〉。在《春雨》後記中，他指出「企圖用小説人物的思想去推動情節，寫人物在新環境中因意志不定而產生的內心衝突」。他大量運用「回上海去吧」、「我能不回上海？」、「我

應該回上海去」、「我願意住在香港」等複調敘事方式,作為場景的過渡與銜接,突出女主角在感情路上的猶豫,在處理個人去與留的猶豫,與題目互相呼應。複式敘述文字或複調敘事方式是劉以鬯小說的一大特色,如《寺內》中的「牆是一把刀,將一個甜夢切成兩份憂鬱」、《酒徒》中的「酒不是好東西,應該戒絕。——我想。」等,交錯運用,突顯主題,值得仔細研究。

　　凡此種種創新性的結構,是劉以鬯自覺地吸收現代主義小說、中國傳統小說、新文學等特色,又吸收歐美文學理論和技巧之長,轉化為有利自己創作的元素。在創新路上,他創造一次又一次的「與眾不同」的小說結構模式,如長篇小說《香港居》以流動式結構推動情節、短篇小說〈時間〉的迴環式結構展現人物的內心世界、微型小說〈七叔的煩惱〉等以層層遞進式結構表現人物的命運的轉變,等等,相對地有關的研究較少,故值得討論。

　　流動式結構,表現人物的關係如流動的風景,人物會在特定的場景中出現或消失,但故事可能沒有一個主要的人物,適合表現不固定的時間、空間和人物關係,劉氏的《香港居》便是一例。《香港居》基本上可以分為四家,以「我」多次找房子、搬房子,串連房東和租客的活動、關係、轉變等,故加上「我」一家,可以說,應該是五家。第一家是潘承富、周小瓊(潘太)、徐玉珍、徐玉香,表現錯綜複雜的男女感情、婚姻關係。第二家是住在跑馬地高尚住宅區的謝春生夫婦、莎梨、啤仔一家四口,表現懷春少女對中年作家的愛慕。第三家是趙先生和南茜、王榮和麥剛、金玉花和陳含英,表現不正常的男女關係,也帶出房東的身分遠不如想像般輕鬆自在。第四家是周美玲(潘太)、老趙、孟珍、孟珍的丈夫、黃美娟(馮太)、馮士銘、簡珠、

李亞九，表現金錢與婚姻的利害關係。因應人物的遷出和遷入，展現上世紀六十年代香港人流動式的居住情況。因此，這種結構適用於書寫漂泊的底層人物。

　　迴環式結構，是指利用兩種相似的情節、排列次序不同的片斷的反復出現，構成循環往復而具趣味性的結構，予人兜兜轉轉的感覺。如果說圓形結構是封閉式的，如劉氏〈天堂與地獄〉，六張五百元大鈔的起訖點都是在咖啡館的徐娘。這種結構適合表現特定的時間和空間關係，一般受到時間和空間制約，如魯迅〈示眾〉。那麼，迴環式結構則是開放式的，如劉氏〈時間〉，以淑芬與子銘趕乘水翼船到澳門作起點，想乘計程車不果卻要轉乘小巴，因堵車故改乘計程車，卻分別遇上車禍和塞車，最後在船隻正要駛出時趕上了。「上車」、「下車」、「塞車」、乘計程車、乘小巴等片斷反復地出現，呈現人物忙亂的情況，由此帶出人物性格、環境轉移等。這種結構一般是有固定的人物關係，有多次的空間轉移，但會受到時間的制約。〈趕搭渡輪〉的呂球要趕搭最後一班渡輪，不幸蹓上救火車、司機撞倒人而換了三輛計程車，結果是當晚是大除夕渡輪通宵航行。〈買了汽車之後〉的于基下決心將三千元積蓄買一輛二手車，以解決擠巴士逼電車之苦，車子抵達中環後，發現上環、中環一帶的停車場泊滿車輛，兜兜轉轉後，在洛克道找到空位泊車，最後只好乘計程車到中環上班。一個星期過後，他割價賣車。〈從筲箕灣到中環〉的杏儀由乘巴士到轉乘小巴再改乘計程車，過了約會時間而被誤會等，都是圍繞香港的交通工具而書寫的空間結構模式，從中真實地反映香港經常塞車的現象，而人物的決定、誤會等人生經驗，造就不同的結果。從人物日常生活中選乘交通工具的迴環式抉擇，作者拓展創作的層面，轉移到人物的生

命、命運等重大抉擇，如〈不，不能再分開了！〉的唐隆與燕花由香港到泰國再到台灣的曲折團圓經過。〈電車站上的女人〉的「我」被「她」尾隨，由電車站趕到餐室赴約，兜了一個圈子後，「她」告訴了「我」：「她」的丈夫與「我」的太太在搞婚外情，「我」頓然和「她」一樣成為受害者，命運相同。〈邂逅〉的「我」憶述八年前在重慶和「她」因戰爭而相識、相分的故事，兜兜轉轉後，「我」和「她」在香港重遇，才知道「我」有一個七八歲的孩子。為了擴大事件，表現在人物命運的層面上，這種結構仍然有固定的人物關係，但沒有特定的時間和空間關係，相反，時間和空間的跨幅比較大，適合比較嚴肅的題材，如例子中的人生離合聚散。

　　層層遞進式結構，是一層一層地表現事件的起落，層層推開情節，人物的遭遇或環境每愈況下，可以是遞進式或遞減式。〈金山伯〉是遞減式結構，棠伯由有一層樓和一個女傭亞卿，以物質討好亞卿到被亞卿騙去感情和金錢，兩個月後返回金山洗碗。〈七叔的煩惱〉寫七叔拿著三十萬資金由香港移居新加坡的故事，也是遞減式結構。七叔由有一層新樓和一間服裝店，因經營不善和誤信老同學的美言，賣掉房子，蝕讓服裝店，跑到吉隆坡開餐室，一年後吉隆坡爆發暴動，全家折返新加坡，因無以維生，再次賠本，又經歷暴亂，最後七叔帶著幾千元舉家返回香港。〈商人〉則是遞進式結構，寫老周、老唐和老馬先後接手綢緞公司做老闆的不同遭遇。老周不善經營將公司頂給老唐，老唐將所有貨品打七折，卻只是起了短期的刺激作用，最後將公司頂給老馬，老馬以來價售貨但收取特別貴的縫工費，不足一年賺了幾十萬。這種結構的內容上下相承，有固定的人物關係，逐層推進情節，使人物的遭遇或轉變清楚地呈現在讀者眼前。

　　綜觀以上的小說結構分析，掛一漏萬，但大致上，能夠呈現劉以鬯先生在現代小說上的變革和創新精神。在繼承傳統小說的結構之餘，他又吸收西方文學的理論與技巧，創造新的結構模式，屬流動形態結構，變化萬千。在文貴創新的理念下，他結合現實主義和現代主義，寫外部的真實面，更側重於社會和人物內在的真實面，從中實踐個人的風格。以此觀照劉以鬯小說的結構，這是「與眾不同」的小說，也是「新」的小說，而不是傾向形式主義或結構主義的小說。

　　後記：讀一次劉以鬯先生的小說，就是展開一次認識文學之旅，讓我們了解世情，窺探人性。於今，劉先生遠去，讓我們通過再讀先生的文學作品，追憶香港文壇巨人的風骨。

參考文獻

劉以鬯：《春雨》，華漢文化事業公司 1985 年版。

劉以鬯：《島與半島》，獲益出版事業有限公司 1993 年版。

劉以鬯：《寺內》，中國文聯出版公司 1995 年版。

劉以鬯：《對倒》，獲益出版事業有限公司 2001 年版。

劉以鬯：《他的夢和他的夢》，明報出版社有限公司 2003 年版。

劉以鬯：《劉以鬯小說自選集》，百花文藝出版社 2007 年版。

劉以鬯：《甘榜》，獲益出版事業有限公司 2010 年版。

梅子編：《劉以鬯卷》，天地圖書有限公司 2014 年版。

劉以鬯：《酒徒》，獲益出版事業有限公司 2015 年版。

劉以鬯：《打錯了》，獲益出版事業有限公司 2015 年版。

劉以鬯：《多雲有雨》，三聯書店 (香港) 有限公司 2018 年版。

卡勒 (Culler, Jonathan) 著，李平譯：《文學理論》，牛津大學出版社 1998 年版。

原載《城市文藝 • 劉以鬯先生永生紀念專號》2018 年 6 月號總第 96 期，頁 38-42。

論劉以鬯的香港居住書寫
——以《香港居》為中心

　　劉以鬯小說的香港形象是多樣性，《酒徒》中的香港文化人的生存空間，《對倒》中的都市轉型期中人與人之間的疏離，《天堂與地獄》中戰後香港人的愛情與婚姻觀念，等等。凡此種種的香港書寫，充分展現上世紀整體的香港面貌，而他筆下的香港居住情況的研究，相對地受到冷遇，尤其是對《香港居》的研究仍有待開拓。「小說雖非歷史，小說家的敘述卻記錄了某些經過的事跡。」[1]

　　《香港居》全書分為七章，以「我」為敘述者。「我」是一名以寫稿為生的作家，有一妻一幼女。小說以第一人稱的視角出發，通過不斷找屋、租屋和搬屋，敘述上世紀六十年的香港人作為業主、二房東和三房客的人際關係，說出「香港地，不易居」的問題。因此，以「我」的所見所聞擴闊敘事空間。故事以「我」一家為主軸，幾次租屋後，接觸一個又一個的人物。基本上分為四家，是流動式的人物關係，展現人與人之間的相處、矛盾、交往等，也道盡租客之間的不正常男女關係、愛情瓜葛、婚姻與金錢的利害關係等。

　　小說以第一人稱敘事是常見的手法，作者以一種「親身經歷」的方式講述故事，讓讀者如臨現場，加強投入感與親切感。小說人物可分為純粹敘述者的人物或一身二任的人物。[2]《香港居》屬後者，以「我」的立場或口吻敘事，敘述房東和租客的故事，又敘述「我」作

為作家、房東和租客的故事，把故事變成與讀者聊天的模式，符合在報紙連載的需要，拉近讀者的距離。

第一家的故事發生在 XX 道，「我」敘述房東潘氏的不正常婚姻關係。潘承富在外有另一頭家，是前妻徐玉香的妹徐玉珍，而潘太公然帶了不同的男人回來並留宿。「我」又敘述自己一家被潘太在伙食、雇用傭人、用電時間、搬走日期、退按金等問題上的諸多限制的故事。第二家是住在跑馬地高尚住宅區的謝春生一家四口。「我」敘述自己被房東的十七歲女兒莎梨傾慕的過程。從小說敘述角度來看，「我」在敘述自己或他人的故事時，也由「我」的角度來觀察外在世界，而妻的角色則是「我」的化身，或打聽女性人物的動態，或給「我」生活上和精神上的支援。其後，妻提議包一層唐樓做二房東，改變「我」的身分。第三家的頭房是訂了婚不久的趙先生和南茜，因工作關係是最早搬走的租客。中間房是兩個單身漢王榮和麥剛。尾房是曾經做過舞女的金玉花，現由章泉包養，但暗中與麥剛鬼混。後來，來了做舞女的陳含英租客，麥剛又暗中搭上了她。「我」見證著他們的故事，讀者在「我」的引領下，看到「我」所看到的故事，也由「我」的親身經歷，領會到包租不易做，要處理房客的糾紛，又怕他們無故退租。最後，「我」未能如願長住下去，也賺不回間房和駁線的費用，只好回復三房客的身分。第四家的故事有「我」和妻的敘述和參與。「我」不齒於周美玲偷漢、強行與船員老趙離婚的行動，也不屑於馮太的強烈物慾，因一塊白金四方錶和舊相好廝混的舉動。「我」是善良的代表，對老趙一直愛憐和原諒周美玲的器度大為敬重；對馮士銘家道中落又體弱多病，以努力工作、借錢、抵押物品等來滿足黃美娟的強烈物慾，寄以同情；對離婚後的周美玲被聲稱頂租的鍾太太借牌局騙去

一萬元積蓄，也予以同情；對周美玲撕掉分手費的支票的行為，大為欣賞。尾房的打字員簡珠誤信同事的甜言蜜語，與他珠胎暗結，在妻的勸慰下，她答應把孩子生下來。後來，來了一個阿飛型的李亞九租客，與簡珠計劃註冊結婚。故事在一屋租客的歡樂飯聚中，團圓告終。故事層面中的「我」和租客的故事，在敘述者「我」的視角內展現故事時間，也拓展文本空間。

另外，收錄於《打錯了》中的〈夏〉、〈灣仔〉、〈包租婆與三房客〉和〈意想不到的事〉，《酒徒》中的酒徒的租屋情況，也是一幕幕的租客故事，反映人與人之間、租客與環境之間、人與命運之間等種種巧合元素，也是值得研究的。

原載《劉以鬯評論展》2018 年 7 月 23 日。

1. 劉以鬯：〈自序〉，《劉以鬯小說：寺內》，中國文聯出版公司，1995，第 3 頁。
2. 劉世劍：《小說敘事藝術》，長春：吉林大學出版社，1999，第 6 頁。

從劉以鬯小說窺探香港昔日時尚
——以《天堂與天獄》和《對倒》為例

　　《天堂與地獄》是劉以鬯於 1948 年從上海來港後寫的短篇小說，1951 年結集出版，2007 年得獲益再版。書中以愛情及婚姻為主軸，真情實感地反映四十年代末各階層的香港市民生活。

　　綜觀《天堂與地獄》23 篇短篇小說，就是當時人物的個人際遇、生活片段的流動畫面。作者刻劃當時各行各業的人物，有地盤工頭、妓女、舞女、茶役、口技家、賽馬客、領票員、打鐵學徒、的士司機、銀行出納主任等不同職業。他們的職業反映其身世遭遇或性格心理，並從中帶出其感情生活。〈珊珊和工頭老張的戀愛〉的工頭老張喬裝男性在地盤當頭兒，因為她自小沒有父母而練成做事認真能幹，四十歲仍未結婚，「我」的妹妹珊珊因每天給「我」送飯而認識老張並生傾慕之情，展開一段沒結果的愛情。〈我怎樣殺死了趙順記的老闆娘〉的「我」是趙順記打鐵學徒，因未滿師故不能離開師父，縱使老闆娘如何挑剔「我」或引誘「我」，也只好忍氣吞聲，迫使「我」娶了素未謀面的鄉下人文君為妻，開展錯綜複雜的四角關係，為老闆娘被師父槍殺埋下伏線。

　　小說裡，更多的是刻劃女性從事賣肉為生，〈賣淫婦〉中的黃麗芳、〈一夜難忘〉的舞女陳雪梅，礙於生活困頓而從事賣淫，帶出不美滿的婚姻生活。上世紀四十年代末抗戰勝利，五十年代難民湧到香

港，造成人口和社會一次大幅轉變，百業待興，婦女普遍教育程度不高，沒有謀生技能，以肉體跟金錢進行交易，是直接的生存方法。我們從《對倒》中找到四十年代末的香港足印，「二十多年前，從北方湧入香港的人，多數帶了一些錢。初來時，個個懷著很大的希望，以為在這個華洋雜處的地方可以大展鴻圖；可是，過不了幾年，房屋越住越小，車子越坐越大，景況大不如前」，形成劉以鬯筆下女性多以舞女與妓女為主，發展不同形態的感情路線。

　　無論是舞女、妓女或中層女性，也會穿著當時香港中上流階層的主流服裝──旗袍，見證著旗袍的黃金時代。「一件蔴紗旗袍：黑底子，蠻大蠻大的紅花」、「蘋果綠的旗袍」、「穿著一件大紅旗袍」、「藍色的旗袍，藍色的釦子」等不同身分的女性，穿梭於一般平民不易光顧的生活處所，有餐廳，如大華飯店（見〈愛的測驗〉）、愛蓮餐室（見〈電車站上的女人〉）、聰敏人咖啡館（見〈愛的測驗〉及〈艷遇〉），有娛樂場所，如皇后戲院（見〈愛的測驗〉）、大小舞廳（如〈茶舞〉），酒店有東方旅館（見〈賣淫婦〉）、思豪酒店（見〈親愛的麗麗〉）。作者勾勒不同的故事場景，主要集中在港島繁榮的地段，如雪廠街、告羅士打道、軒尼詩道、英皇道等主要道路，九龍的則有太子道，人物大多是乘坐的士，次為渡海小輪和電車，並有餘閒和餘錢揮霍，看電影、跳茶舞、飲下午茶等消閒活動，吃的是「一口梳打雪糕」、俄國晚餐等西式食品，喝的是咖啡而非茶，一幅幅畫面牽動讀者進入另一個異國風情世界，滿足一般市民的好奇心，從小說認識另一群體的生活時尚剪影。在今天看來是沒有甚麼特別，但在戰後四十年代末的香港，自由進出這些場所的應該不是普羅大眾。

　　劉以鬯其後的創作也延續這一份異國情懷，如 1972 年 11 月起在

《星島晚報》連載的《對倒》，2007 年由獲益出版。作者在《對倒》新版前記，清楚說明故事以一枚一正一負對倒相連的郵票為靈感，描寫穿梭於香港鬧市中的老人的舊日情懷及一個少女的浪漫憧憬。通過主角淳于白的眼睛，展現當時香港的形形式式，如四層舊樓、百貨商店、月餅會、眼鏡店、服裝店、南洋風味的餐廳、電影院、竹竿上的馬票等。不同的是，海底隧道剛於同年 8 月通車，故此人物會坐巴士，場景可以轉移到九龍區如彌敦道，擴大描寫範圍，能充分描述香港的社會和環境的今昔。「港九到處矗立著高樓大廈，所有熱鬧的地區都變成『石屎森林』」、「二十年前，中頭獎的人可以獨資建一幢新樓；現在，中了頭獎，買山頂區一個單位的複式新樓也不夠」等句子，刻劃香港驚人的發展與轉變。但是，人物依然是處於悠閒的狀態，吃喝的是雪糕與鮮奶，閒來聽唱片和看電影。作者又再次攝住一般市民的好奇心理，從小說認識一撮人的生活層面。

時代變遷，有些物品在時代發展下幾乎或已經淘汰了：高腳痰盂、火柴、洋油燈、馬票。另外，已於 1996 年結業的《星島晚報》及於 2006 年聖誕前遷拆的天星碼頭，再現讀者的眼前。同時，讀者也能從中認識香港歷史，例如：月餅會，重新翻開歷史書探究其存在的意義。月餅會的出現，是因為當時普羅大眾生活環境不好，但中秋節是中國人的重要節日，人們為過中秋買月餅應節，會以分期方式預先訂購月餅，此風氣盛行於七十年代，到了九十年代式微。新一代透過香港文學尋找昔日的一鱗半爪，故此《天堂與地獄》可以説是通過藝術的真實反映生活的真實，在小說片段修飾中赤裸裸地紀錄四十年代末香港，那一代人的那些事和那些物。二十年後的《對倒》承接香港元素，更進一步展現四十年代末至七十年代初的香港面貌。

劉以鬯的短篇小說既想反映低下層人物的生活境況，引起人們的同情或共鳴，且想擴闊讀者的眼界，刻劃一般市民不常接觸到的場所、處境和事物，因此，讀者在這兩個文本中，細意嘴嚼作者如何繪畫舊日的香港風情。

原載《城市文藝》2015 年總第 80 期，頁 63-64。

舊日愛情婚姻重現
——再讀劉以鬯《天堂與地獄》

　　在《天堂與地獄》寫在書前，劉以鬯敘述自己於 1948 年從上海來港後寫的短篇小說，1951 年結集出版，2007 年得獲益再版，「使《天堂與地獄》重現『天堂』」。

　　《天堂與地獄》以盤根錯落的感情關係及出人意表的結局吸睛，是它的成功之處。它收錄 23 篇短篇小說，八成以愛情婚姻生活為題材，二人沒結果的愛情共有八篇，二人婚姻的有四篇，三人感情糾葛的有三篇，四人錯縱複雜的感情有兩篇。大部分小說都是從金錢糾纏展開複雜感情，並呈現人性的陰暗面及感情路線，〈天堂與地獄〉是當中的楷模。故事借「蒼蠅」視角，帶出人物在咖啡館轉手金錢的過程，徐娘——小白臉——媚媚——大胖子——徐娘，層層推出他們的關係，徐娘與小白臉、小白臉與媚媚、媚媚與大胖子的曖昧關係得以產生、延續和重現，徐娘與大胖子又是夫妻關係。小白臉從徐娘手袋裡哄走了六張五百元大鈔，徐娘走了，小白臉轉身將它塞在年紀輕輕的媚媚手上，十分鐘後，媚媚將六張五百元大鈔交給大胖子，大胖子出其不意此時見到妻子徐娘，只好戲言媚媚是洋行經理的太太，他有一筆買賣要請她「走內線」幫忙，最後無奈地交給徐娘三千塊錢求恕。「我」看到男與女的感情流動及金錢的轉換，嘲諷「這『天堂』裡的『人』，外表乾淨，心裡比垃圾還齷齪」，「我」寧願回到垃圾桶過

「地獄」的日子，也不願在「天堂」多留一刻。在金錢的轉手之中，他們的關係逐一被拆解，如金錢般的流通面，人們自以為可以利用金錢操控對方，想不到螳螂捕蟬，黃雀在後，瞬間已成為別人囊中之物，在「天堂」裡，一直延續騙人與被騙的感情與金錢的循環往返。

其他以金錢開始、維繫或結束一段情的有兩篇。〈賣淫婦〉黃麗芳賣肉養家吐血身亡，丈夫沈覺明因缺錢搶劫，錯手打暈趕來搶救的醫生，沈覺明拿到金錢後攤開給妻子看，惜她已返魂乏術，從此二人陰陽相隔，在結局勾勒醫生遲遲未趕到現場的原因，嘲諷天意弄人。〈一夜難忘〉的舞女陳雪梅跟「我」上了的士後態度突然由熱變冷，原來司機是她的丈夫，故拒絕「我」的擁抱、撫摸和親吻，在他們付了車費下車後，丈夫自殺，將的士撞向對街的牆上。夫妻二人在職場上相遇，掙了錢卻因此導致婚姻悲劇收場。在結局交代陳雪梅和的士司機的夫妻關係，諷刺生活迫人。小說中的女性多是從事賣肉的職業養家，在金錢的世界裡掙扎求生，同時在婚姻生活步步後退，甚至走進窮巷，在故事結尾真相大白，戛然而止。

書中有三篇以「一把刀」直接了結糾纏不清的感情，包括〈珊珊和工頭老張的戀愛〉、〈荒誕的愛情〉及〈我怎樣殺死了趙順記的老闆娘〉。下文會突破一貫以技巧作切入點分析劉以鬯短篇小說的方法，轉換視角，以此三篇小說為例，集中論析其思想內容，解構作者如何通過「一把刀」揭示非理性的愛情意象，意圖尋找並擺脫存在困境的精神出路。作者先將人物的不幸遭遇推向極點，展現人的行為，那些造成理性與非理性之間的分裂、疏離和虛空的行為，幾乎步向瘋顛，然後以「一把刀」帶出非理性的解決方法，使當前的困境得到短暫的解脫。

〈珊珊和工頭老張的戀愛〉的四十歲的工頭老張跟十八歲的珊珊戀愛，隨即跟「我」（即珊珊的哥哥）的關係交惡。珊珊恨透「我」，設法要「脫離家庭，嫁給老張」。但老張不肯娶她，於是她由愛生恨，拿著一把刀插入老張的背部殺死了他，「我」在肇發後到達現場，知道了事實的真相，原來老張是一個女人。

劉以鬯將珊珊的個人處境推向極端，先是讓她泥足深陷地愛上了老張，再而跟家人的關係決裂，這就是第一次割斷她的理性與非理性，展示她的分裂、疏離和虛空的行為。在走投無路之下，她迫使老張娶她，以瘋顛的方法強行爭取自己想要的東西。當理性告訴老張不能娶她時，這就是第二次割斷她的理性與非理性，她進一步以瘋顛的手段毀滅老張，「一把刀」成了非理性的出口，掩飾內心的恐懼和虛無。其實，珊珊自己沒有經濟能力，故以脫離家庭為由迫使老張要娶她，在達到瘋顛的頂峰，才爆發出是因為愛，為自己的迫婚行為找到合理的藉口。原以為殺了老張事情一了百了，最後真相卻被揭穿，老張一直以男人偽裝，把小說的高潮推向極點，也解決了理性和非理性的角力，通過「一把刀」自身揭示事件的真相。同時，老張的男性形象是非存在的荒誕表現，但合理地解釋為甚麼四十歲仍未婚、對女性有點抗拒及不娶珊珊為妻。至於，老張是否跟珊珊真的戀愛起來，可能是珊珊的幻覺。她是遊手好閒者或是失業者，在完全放縱自由中潛藏非理性的虛妄，逐步逼向瘋顛的領域，以為通過婚姻使自身走向理性的領域，但當這個訴求被拒時，恐懼迫使自己與自然本性決裂，以「一把刀」解決老張，結束這段瘋顛的愛情。

〈荒誕的愛情〉同樣以「一把刀」作為非理性的表現。老頭子「怪嘴王」常在分租房間內對著一張女人的照片練習口技。「我」和妻子

（房東）因不知道「怪嘴王」的職業而誤以為他是瘋子，妻子抵受不了這種折磨要求搬回娘家去。「我」看到「怪嘴王」公開表現出色的口技後，跟妻子解釋後，她就回到「我」身邊。但「怪嘴王」一直在房間內鬧到天亮，「我」也沒法忍受，於是「我」直闖「怪嘴王」的房間，原來他三十年來一直跟著一張死去的女人的照片說話和生活，仿如過著一般夫妻生活。照片上的女人是「怪嘴王」的未婚情人，因她的父親反對他們的婚事，她被囚禁，最後懸樑自盡。「我」聽到一把女人聲音說她等了「怪嘴王」三十年，要求明天舉行婚禮。「我」的妻子認為「怪嘴王」是瘋子，但「我」卻同情他。第二天早晨，「怪嘴王」「胸前插著一把白晃晃的長刀」，手中緊握著那張女人的照片，不知道是自殺還是他殺。

　　劉以鬯再次使出「瘋顛」的情節元素，把「怪嘴王」逼向窘境，先是因他的口技職業，而被視為瘋子，顯示他跟現實世界的理性斷裂，得不到理解。接著，他與照片女人吵架、說話甚至生活，以為她迫婚，又再次分裂現實世界裡的理性，得不到自我。在走投無路之下，「怪嘴王」進一步尋求瘋顛的手段毀滅幻覺，「一把刀」成了非理性的出口，從此「怪嘴王」脫離內心的恐懼和虛無，也結束了一段畸戀。

　　〈我怎樣殺死了趙順記的老闆娘〉的「我」在趙順記做了三年打鐵學徒，老闆娘綽號「長舌婦」，整天吵個不停，師父和「我」也怕了她。有一天，她勾引「我」並主動投懷送抱，嚇得「我」奪門而出，自此她故意向「我」拋出善意，經常引誘「我」。因「我」未滿師，沒法脫離趙順記，只好百般忍耐，也迫使「我」為了擺脫老闆娘的折磨，答應了叔父安排的婚事，娶了素未謀面的鄉下人文君為妻，正式搬離趙順記。但老闆娘並沒有放過「我」，通過對文君的進言破壞他

倆的夫妻關係，文君不堪被羞辱信以為真最後投海自盡，「我」被迫瘋了，拿著一把刀，向著睡熟的老闆娘一刀刺下去，「我」以為替了文君報仇又誤以為自己成了兇手，恢復了理性之後，「我」走進警署自首，但兇手另有其人，竟是他的師父。他比「我」早一步以槍打死了老闆娘，也比「我」早一步到警署自首。結局同樣屬意料之外，讀來餘音未了。

　　劉以鬯再次把人物推向困境的極點，「我」處處被老闆娘折磨，先被引誘不遂，後以結婚逃離她的視線，卻形成關係決裂的局面，老闆娘以非理性的姿態在「我」與文君之間作梗，迫使文君以瘋顛的方式自毀，又迫使「我」以瘋顛的手段報復。原以為殺了老闆娘並自首事情告一般落，最後真相卻被揭穿，老闆娘早已被師父殺死了，把小說的高潮推向極點，也解決理性和非理性的角力，通過「一把刀」自身揭示真相。師父在隱處以荒誕的方式出現，但合理地解釋「我」怎樣在潛意識中殺死了老闆娘，構成非存在的領域。「潛意識」是指某人處於睡眠狀態、不了解事物真相或渾沌無知等複雜的心理。強調「我」以為通過婚姻使自身走向理性的領域，當這個訴求被破壞，絕望迫使自己與自然本性決裂，最後以「一把刀」解決老闆娘瘋顛的愛情，也了結這段四角戀。

　　綜觀《天堂與地獄》諸篇，劉以鬯進一步具體化這種困境，表現愛與恨的糾纏、希望與絕望的虛妄、存在與非存在的虛妄。每一種表現都包含著進退兩難的模式，也包含著被迫的悖論。故事中的人物處於虛妄的精神困境之中，藉助瘋顛獲得個人存在的價值取向，親自以「一把刀」化解衝突與危機，解決非理性的愛情，個人的命運置在最後。在被自己或「他者」步步壓迫的情況下，人們要尋求解脫，繼而

呈現事實。但他們又表現理性，勇於承擔責任，〈珊珊和工頭老張的戀愛〉中的珊珊和及〈我怎樣殺死了趙順記的老闆娘〉中的「我」親自承認了殺人，在瘋顛過後存在著的理性，有意識地知道自己犯了罪。誠如魯迅說：「人生最苦痛的是夢醒了無路可以走」，從瘋顛過後意識到自己的非理性，到有了理性的覺醒意識，展現人的存在與存在的價值，就是在非理性中找到自己的客體，在理性中驅逐自己的主體。

　　以瘋顛、理性與非理性的思維作切入點，我們能較細緻地認識劉以鬯短篇的小說內容思想，把無助的社會人物的愛情渴求推向極點，在恨與絕望的情況下，人物以瘋顛的手段作出反常的毀滅，以「一把刀」了結眼前的瘋顛愛情。劉以鬯十分重視通過塑造文本和刻劃形象，借金錢帶出二人至四人的愛情或婚姻生活，揭示人物的本來面目及事件的真相，沒有亦步亦趨地運用隱喻，而是運用白描手法迫近生活，在結局中揭開底牌，讓讀者撥開雲霧，恍然大悟，留有餘音。

參考文獻

劉以鬯：《天堂與地獄》，獲益出版事業有公司 2007 年版。

米歇爾 • 福柯著，劉北成等譯：《瘋顛與文明》，桂冠圖書股份有限公司 2011 年版。

Lentricchia, F . & McLaughlin, T. 編，張京媛等譯：《文學批評術語》，牛津大學出版社 1994 年版。

原載《文學評論》2015 年總第 41 期，頁 17-20。

《天堂與地獄》的金錢與批判關係

　　劉以鬯於 1948-1951 年寫成《天堂與地獄》一書，[1]收錄 23 篇短篇小說，是當時香港低下階層市民的生活寫照，例如工頭老張、賣淫婦黃麗芳、舞女陳雪梅、賭客令狐屏等處於社會邊緣的小人物。本文試圖突破一貫以技巧作切入點分析劉以鬯短篇小說的方法，轉換視角，以米歇爾 • 福柯（Michel Foucault, 1926-1984）的批判思維為導入，論析其小說思想內容如何以金錢帶出人性與社會的批判精神。

　　福柯曾在 1978 年在索邦發表〈甚麼是批判？〉的演講，[2]回應伊曼紐爾 • 康德（Immanuel Kant, 1724-1804）在 1784 年提出的啟蒙。福柯指出批判與啟蒙的關係，是對知識所要說的內容，或者說「『服從』將以自主體性本身為基礎」，故需從知識的角度提出啟蒙，提出權力、真理和分析主體之間的關係，就是要擺脫知識在現代科學構成時期的歷史命運，那種知識必然會與權力生聯繫。福柯強調人們必須以批判的態度去看待批判，把啟蒙的演進過程看成是批判的一部分，好讓知識產生一個恰當的觀念，企圖間接處理權力和事件化的問題，因此啟蒙就是「一個態度的問題」，可稱之為「批判的態度」。

　　〈天堂與地獄〉講述「我」是一隻「蒼蠅」，在「大頭蒼蠅」的帶領下，嘗試尋找「乾淨的地方」，看看人間「天堂」。小白臉從徐娘手袋裡哄走了六張五百元大鈔，徐娘走了，小白臉轉身將它塞在年紀輕輕的媚媚手上，十分鐘後，媚媚將六張五百元大鈔交給大胖子，

大胖子冷不勝防此時見到妻子徐娘，只好謊稱媚媚是洋行經理的太太，他有一筆買賣要請媚媚幫忙，「走內線」，最後無奈地交給徐娘三千塊錢求恕。「我」看到一幕幕男與女及金錢的轉換，嘲諷「這『天堂』裡的『人』，外表乾淨，心裡比垃圾還齷齪」，「我」寧願回到垃圾桶過「地獄」的日子，也不願在「天堂」多留一刻。

劉以鬯借「蒼蠅」連結金錢轉手的過程，徐娘──小白臉──媚媚──大胖子──徐娘，使人性陰暗面得以產生、延續和重現，就是一種「批判的態度」。故事人物以自己有限的「知識」作界面，將三千塊錢交了出去，間接地處理權力問題，展示給對方看自己可以隨意挪動那三千塊錢的權力，引發知識與權力的互動關係。這種關係激發「我」以批判的態度去批判人性，可以說，「我」剖開曾經嚮往過的「天堂」成為「地獄」的一部分，金錢在當中發揮一個合理的轉手途徑，逐漸成為活在「天堂」的真理。金錢的轉手因人性的「知識」而產生和流通，人們自以為是利用「權力」，從中換取自己想要的東西，想不到已成為別人虎視眈眈的對象，在「天堂」裡，一直延續騙人與被騙的循環往返。而「我」重現人性的陰暗面，批判沒有所謂的「天堂」或「地獄」，兩者之差只是一個面對它的態度問題而已。

在《天堂與地獄》一書裡，同樣以金錢圍繞故事人物和情節，展開批判社會和人性上的陰暗面有〈賣淫婦〉及〈花魂〉。〈賣淫婦〉概述賣淫婦黃麗芳因要掙錢救吐血的媽媽，反而操勞過度自己先行吐血而死。丈夫在梁醫生趕到他家看病時，陰差陽錯打暈了梁醫生並搶去他口袋裡「一百二十塊錢」，致妻子失救而死。金錢昧著人性尊嚴和人的存在，黃麗芳沒錢救母只好出賣自己的肉體，結果救母不成反而累得自己吐血身亡；丈夫沒錢養家只好叫妻子去賣淫，也沒錢救妻

只好去打劫搶錢，結果養家及救妻不成反而連累妻子吐血及失救而死，自己也犯了罪。劉以鬯把金錢發展成批判社會的一部分，主角以自己的認知處理自身的難處，黃麗芳與丈夫分別以肉體與搶劫跟金錢進行交易，結果被金錢玩弄。〈花魂〉概述令狐屏到快活谷賭賽馬巧遇女鬼代領彩金和中了頭獎，追查之下才知道那女鬼因在馬場輸了身家而自盡。女鬼以自己的「權力」，從令狐屏身上獲得自己生前想要的東西。令狐屏以批判的態度看待發生在自己身上的特別遭遇，警惕自己需及時抽身回頭；否則，會像女鬼一樣傾家蕩產並自盡。

　　綜上所述，以福柯的批判思維作切入點，能較細緻地認識劉以鬯短篇的小說內容思想，把社會邊緣上的小人物的困境推向極點，有意無意地將金錢連繫到人性與社會的批判精神上。

原題目為「以福柯視域論析劉以鬯《天堂與地獄》──金錢與批判的關係」。
原載《港人字講》，2015 年 10 月 12 日。

1. 劉以鬯：《天堂與地獄》，獲益出版事業有限公司，2007 年。
2. 米歇爾 • 福柯著，凱文 • 保羅 • 杰曼英譯：〈甚麼是批判〉，載詹姆斯 • 施密特編，徐向東、盧華萍譯：《啟蒙運動與現代性──18 世紀與 20 世紀的對話》，上海人民出版社，2005 年，第 388-402 頁。

「封閉式」空間與香港語境——
以劉以鬯《他有一把鋒利的小刀》
及西西《美麗大廈》為中心

　　劉以鬯和西西是香港文壇的雙峰，分別於 2010 年及 2011 年榮獲香港書展「年度作家」等多項殊榮，在華語文壇的地位舉足輕重。談論他們在七十年代發表的連載小說，人們自然會聯想到《對倒》及《我城》。劉以鬯《他有一把鋒利的小刀》[1]（下稱《他》）及西西《美麗大廈》[2]（下稱《美》）同屬該時期的連載小說，有很多異同之處，是香港文學甚至是都市文學的典範，卻較少引起學界的關注。本文擬以文本細讀法及比較法，結合敘事學理論，分析它們的敘事觀點、心理空間、敘事結構等，兼論作為都市文學範式的香港語境。《他》與《美》的敘事模式是順敘，故事也簡單，但敘事技巧卻十分新穎。它們是封閉式的空間小說，前者是虛體的心理空間，後者是實體的生存空間，在敘事策略上沿著開放式與封閉式運行，創造兩種香港語境。

　　小說的出現，是「街談巷語，道聽途說者之所造也」，[3]《他》及《美》就是在此基礎上創造的。戰後至七十年代的香港，一般罪案的犯罪率很高，如盜竊、搶劫、傷人、謀殺等。[4]「搶劫」是當時社會「街談巷語」的話題。劉以鬯善於捕捉日常生活的材料，不少作品以「搶劫案」為主題或作為情節的一部分，成為香港語境。《他》於 1970 年至 1971 年在《明報晚報》連載，原名是《刀與手袋》，長達

21 萬字。1995 年結集成書,作者刪掉約十萬字。小說敘述主人公亞洪為了滿足個人物慾及討好心儀對象冼彩玲,計謀搶劫而誤殺,釀成悲劇。1972 年連載的《對倒》,至少有十四處描述打劫金鋪、搶劫手袋、打劫巴士、大廈裏面搶劫手袋等情節,「打劫金鋪的事情幾乎每天都發生」、「每一個時間都有劫案」等。[5] 1973 至 1975 年連載的《島與半島》,至少有二十處描述香港的治安太差,「任何一個人在港九任何一個地區隨時都會遇到劫匪」、「香港是一座匪城」、「住在香港的人隨時隨地都有被劫的危險」等。[6] 劉以鬯筆下的搶劫情節,是「街談巷語」及「道聽途說」的,也是報紙新聞,更多的是他熟悉香港現實社會,故創造《他》為了金錢而犯案入獄這樣出色的心理小說。《美》於 1977 年在《快報》連載,故事簡單,敘述七十年代香港普通大廈居民的一般生活。故事原型,是西西遷入香港土瓜灣的美利大廈的生活部分。[7] 在大廈居住的密集式生活及與居民日常的陌生接觸,是她「街談巷語」及「道聽途說」的生活體驗,故創造《美》這種「近乎封閉式」及「一個多聲道的作品」,[8] 成為另一種香港語境。

一、《他》:虛體的心理空間

　　劉以鬯的創作原則,是探求內在真實與內心獨白。有學者認為,「劉以鬯是一個心理空間感很強的小說家,他善於利用心理空間的進退、疏離和線流動來統攝人性與文本虛構。」[9] 《他》利用人物的進退心理間,相間並用人物內心獨白及事情發展,直接呈現內心獨白表達人物的思考,強調主人公亞洪無法抗拒誘惑時的矛盾。第一人稱自述語言與第三人稱全知觀點,交錯運用。作者運用括號內粗體文字,直接呈現亞洪的內心獨白,展現他不同程度上封閉式的心理空間。「在

構思這部描寫善念和惡念進入交戰狀態的小説時，我決定採用直接內心獨白，讓小説主人公亞洪在心裡邊跟自己對話。」「在描寫亞洪內心活動時，儘量做到不介入；在敘述事件發展時，並不退出小説。」[10]

　　《他》的敘事場景多樣化，開放式與封閉式並行，散落於香港不同的地方，包括亞洪居所、街道、百貨公司、渡海小輪碼頭旁、陌生大廈管理處、電梯、夢境、涼茶鋪、室內的「街邊餐廳」、保齡球場、當替更大廈管理處、梯道、電車、渡輪、徙置區運動場、遊樂場、茶餐廳、新填地「平民夜總會」、半山區、公路、荒涼地區、計程車、桌球室、酒樓、酒簾、押店、賭檔等三十多處場所。亞洪流連場所之多，反映他終日無所事事，有大量的時間計算搶劫地點、時間等，幻想手袋裡的鈔票。小説以慢筆手法，展開亞洪為了星期日的約會，逐步逼向搶劫誤殺的深淵，故事時間是幾日內發生的事情。語言形式，包括敘事、直接內心獨白、報紙新聞、對話等。報紙新聞在第 1、2、4、6、8、12、13、14、15、20 章節出現，亞洪由關心搶劫地點、方法等細節，至第九章節以身犯案，錯手刺中男事主要害，關注事主傷勢、會否成為殺人犯等，層層推進至死亡邊緣，自己淪為搶劫案新聞的殺人犯。

（一）交叉的內心空間

　　小説創造人物內心空間的矛盾，「將人物的思考與事情的發展交替進行，加強人物的思考的真實度」。[11]亞洪與父母同住在狹小的租房子裡，討厭父親好賭、常常拿母親來出氣，同情母親的處境：「（…阿媽真可憐，我應該設法找些錢來幫她解決問題。）」[12]但他拒絕工作：「（送外賣是一種簡單的工作，衹要有氣力，就可以做。但是，待遇太差，一個月不過百來塊錢，不會有太大的幫助。）」[13]亞洪的內心

十分自卑，以外表衡量人的價值，認為穿著尖頭皮鞋陪冼彩玲到大嶼山去，會被取笑。腦海裡，他經常想著物質、冼彩玲、金錢、手袋和搶劫，是不願意付出勞力，卻希望在短期內擁有女人和金錢的典型例子。他以為搶劫就是唯一的出路，他的內心不斷交叉出現搶劫與不能搶劫的善念與惡念：「（不能搶。許多人都在做犯法的事情。我不能做。昨天晚上，我還在阻止別人搶劫；今天晚上怎麼可以走去搶別人的錢財？）」[14]

（二）隱喻的心理空間

彈簧刀、手袋和野狗，隱喻內心的複雜性，開拓真實的內在性。小說原題是《刀與手袋》，突出當時社會持刀搶手袋猖獗，結集易名為《他有一把鋒利的小刀》，直接以「一把鋒利的小刀」點題，可見「刀」是小說中重要的象徵。「刀」，即彈簧刀，是一種在刀柄上裝有可摺疊或滑動刀片的刀，是上世紀七十年代香港流行的刀具。1960年《青年樂園》推出「假如朋友送我一把彈簧刀」為題的題目，徵集青年的意見，刊出「存心靠害」、「求之不得」、「無任歡迎」、「引人犯罪」等聲音，[15] 顯現彈簧刀是青少年之間的時尚話題。試看看以下亞洪對「刀」的看法：「（不帶刀，怎能搶到手袋？刀子是一定要帶的，要不然，別人就不會害怕。別人不害怕，當然不會將手袋交出。）」、「（殺人償命。但是，不帶刀，就搶不到錢。）」、「（⋯除了一把彈簧刀之外，再也沒有別的東西。）」、「（那男人是膽小鬼，見到一把彈簧刀，就怕成那個樣子。）」、「（我手裡有刀，他沒有。祇要用刀子將他刺傷，他就沒有氣力與我博鬥了。）」、「（一把彈簧刀，就可以搶到那麼多的錢，怪不得打劫那麼多。⋯）」[16] 亞洪身

上只有一把「刀」，是他生存的唯一工具，也是他相信這是讓人害怕的工具，更可以帶來金錢。面對生死關頭，「刀」是亞洪的力量來源，賦予他搏鬥、刺傷的勇氣。「刀」隱喻權力，彈簧刀是可以摺疊或滑動的刀片，經常藏在亞洪褲袋內或握在手裡，是一種扭曲的力量。在暴力面前，「刀」給予亞洪從來沒有過的膽量，肆無忌憚地表現自己，消滅腦海經常處於交戰的狀態，如應否持刀搶手袋等。

　　手袋，是這部小說的核心，也是原題的其中一個關鍵詞，隱喻鈔票。亞洪認定手袋女主人是搶劫對象，因為容易搶劫。他總日盤算搶手袋的地點、時間等，幻想手袋裡裝著多少鈔票。「（鈔票，鈔票，手袋裡的鈔票。這個女人的手袋裡居然裝著這麼多的鈔票。…）」、「（有些手袋裡可能裝著很多值錢的東西，有些手袋裡只有幾毫子。…每一隻手袋等於一個謎，除非將手袋搶過來；否則就無法揭穿謎底。…）」、「（…錢，錢，錢。這地方最重要的東西就是錢。今日晚上，無論如何要設法搶到一隻手袋。這不是十分困難的事，為甚麼總沒有勇氣去做？）」、「（…如果我將彈簧刀拿出來的話，手袋裡的錢就屬於我的了。）」[17]內心獨白中的「手袋」和「錢」，貫穿小說各個章節，諷刺的是最後搶回來的手袋只有幾張鈔票。

　　野狗，總是在深夜裡出現，隱喻逐步加劇的惡念。在小說首、中、尾三個位置，野狗以不同的姿態出現。第一章節，深夜，亞洪在一條小巷中聽到兩隻野狗亂糟糟的聲響，像箭般竄入小巷，仿如惡念竄入亞洪的內心，他決定伺機等待單身女子經過搶劫。第二章節，相同的深夜，亞洪搶劫不成，反而成為被劫對象，遇劫後被擊暈又遇上黑狗，被死纏不放。殺死牠的念頭一閃而過，如惡念再次一閃而過。第六章節，亞洪當替更管理員時，中年男子半夜三更牽著兩隻狼狗，從電梯

走出來又走進來，虛張聲勢地以狼狗引起他人的恐懼來增加威風。狼狗狂吠又意圖撲向他，如同不受控制的憎惡，在他的內心中狂叫。中年男子控制著狼狗，如善念壓制著他的惡念。第九章節後部分，在荒涼地區，亞洪成功搶劫財物後，野狗尾隨著他。至第十章節前部分，在小路盡頭，野狗死跟著他，一直狂吠。作者使用大量篇幅描述狂吠的野狗，使亞洪失去理智，最後用刀子往野狗肚子一刺，又用刀插在狗頸上。狂吠不止的野狗，隱喻隨著星期日約會的逼近，惡念控制了亞洪的理智和行為。洗彩玲的星期日大嶼山約會，一直在亞洪的心中燃燒著：「（星期日早晨要陪洗彩玲到大嶼山去。不能沒有錢。）」、「（不搶，就不能陪洗彩玲到大嶼山去了。）」、「（今天晚上，無論如何要到姻緣道去搶些錢來了。明天是星期日。明天要陪洗彩玲到大嶼山去。…）」、「（洗彩玲要我買那麼多的東西，沒有錢，拿甚麼去買？）」、「（…明天，帶洗彩玲到大嶼山。…）」[18]

　　接著，黃狗嗅探死狗的血腥狂吠，叫聲會暴露他的蹤跡。黃狗突然縱身撲向亞洪，他盡失理性，用刀子在黃狗身上亂刺。「亂刺」黃狗這個動作，反映「刺」的次數不斷，比刺野狗肚子及用刀插其頸，更加殘忍，推動惡念至極點。黃狗嗅到同伴的血腥而狂吠，如同亞洪知道車廂男女身上一定帶上金錢，而亮刀指嚇對方，打開男事主的皮夾發現裡邊裝著一疊鈔票而興奮。這是亞洪夢寐以求的鈔票，如黃狗嗅到同伴的血腥而狂吠不止。事主狂追不捨，亞洪擁有刀子和鈔票，他的惡念壓抑著另一端的善念，用刀子刺入對方的皮肉，與初始的刺傷對方的想法完全不同。彈簧刀與野狗連接，兩個隱喻也結合，權力和惡念使人性異化。

（三）夢幻的心理空間

夢幻，即夢境與幻想。亞洪一直警剔自己：「（不能殺人。絕對不能殺人。為了搶別人的手袋殺人，是不對的。）」、「（搶錢就是搶錢，目的只在一個「錢」字，絕對不能傷人。）」[19] 亞洪最後冒著生命危險搶劫金錢，刺中男事主要害，這個真實的情景，照應第二章的夢境，亞洪在電梯搶劫婦人手袋，刺死婦人得到幾千元。夢境設下伏筆，預告亞洪的命運。結果，亞洪用一把彈簧刀刺傷一個人及刺死兩隻狗。夢境與現實結合，推動自始如一的潛藏惡念。

「冼彩玲」這個人物一直缺場，卻存在亞洪的心中，是他幻想出來的約會對象，為自己搶劫行為找到合理的解釋。亞洪清醒地告訴自己：「（…冼彩玲雖然長得美；但是比她更美的女人也不少。……即使我搶到錢，她也不會全心全意對待我。…星期日不能陪她到大嶼山去。）」[20] 但他矛盾地說：「（我不能不去搶錢。我要是不去搶的話，不但沒有能力買新衣服與新皮鞋，也沒有辦法陪冼彩玲到大嶼山去。）」[21] 好逸惡勞及物慾強，是亞洪犯案的動機，而「冼彩玲」則是他以言行事的推動力。他希望在「冼彩玲」面前炫耀：「（…這隻錶的式樣不錯，明天到大嶼山去的時候，戴在手上，也可以在冼彩玲面前威一下了。）」、「（…新西裝加上新皮鞋，冼彩玲見到我的時候，一定會感到意外。…一定喜歡我。…）」[22] 最後，「冼彩玲」沒有出現，「（…明明約我今天到大嶼山的，為甚麼還不來？…）」[23]

二、《美》：實體的存在空間

《美》的敘事場景是一座十二層高的住宅大廈，當中可以細分為走廊、電梯、管理處、樓梯、大廈門口、天台、居所等封閉式的場所。

西西形容《我城》是開放式，而《美》則是近乎封閉式，「是一個地方的兩種寫法」[24]。這是一幅立體的、封閉的「上河圖」。[25]《美》的大廈住了各種各樣的平民，說著自己的語言，主要是廣東話、上海話、國語，彼此卻能和平共處。大廈的空間為「通道」，如走廊、樓梯、街道等，指向大廈居民、物質和資訊的流通處，並隱喻香港被英國殖民者開拓為轉口港及「不尋常的通道」，故不是作者所說「近乎封閉式」的小說。[26]西西打破傳統的順敘法，第一人稱（「我」）、第二人稱（「你」）、第三人稱（「他」）及第三人稱全稱觀點，錯落有致地相間運用，突出不同場景和人物的現實活動。

（一）封閉式的生活場景

小說的線性結構，有別於一般的線狀延展，而是「上 - 下 - 上」，我們稱之為線性來回結構。以大廈樓層角度說明，小說從十一樓走廊寫起，中間經過地下管理處、大廈門閘等，至年邁的管理員從天台離開，經過電梯時聽見蜜蜂聲、電梯門慢慢敞開而終。這種嶄新的寫法，因應場景變化及觀點轉換，使封閉式的空間成為流動的場所，故事情節則隨即化為四條線索，消滅主次之分。小說結構的「空間化」比《我城》強烈，在交錯的場面展示大廈中人的生命情態，在電梯壞了及颱風吹襲的「敘述性」上疊加「描寫性」的濃密筆法，使得整體立體效果突出。[27]小說中的封閉式的場所，是它的特殊之處，可以理解為作者所言的「近乎封閉式」。西西的綿密筆法，以電梯隱喻、「我」的文化實體等，描繪身居現代化香港自然要承受的各種令人「心驚肉跳」的日常事。[28]語言形式方面，首尾兩個章節是敘事，其餘章節都是在敘事之中加入對話，因應聚焦人物都是居民，沒有特定的主角，對話

中夾雜不同的方言，如廣東話、上海話等，創造繁雜的聲音效果，故有「一個多聲道的作品」之説。這種創新性的寫作策略，組合成獨特的沒有故事的情節。現以簡表説明，如下：[29]

章節	觀點	敘事場景	語言形式
1	第一人稱（我）	十一樓走廊→電梯→走廊→電梯→管理處（信箱、長板凳）→大廈門口右側（雜貨店）	敘事
2	第二人稱（你）	十一樓走廊→電梯→管理處→電梯→樓梯→管理處→電梯→十一樓走廊	敘事、對話（夾雜廣東話、上海話）
3	第三人稱（他）	管理處→十一樓→電梯→走廊→鬈髮鄰人的居所（十一樓三座）→樓梯→走廊	敘事、對話（夾雜廣東話、新詩詩句）
4	第三人稱全稱觀點	街道與大廈大閘之間（麵包店、空運公司）→管理處→食物攤子→私立學校門口→電力站牆下的水果攤→大廈正門口→熟食攤子→門口→茶樓外賣櫃→興記→縫衣鋪子→電力站→斑馬線兩側→門前花牌→管理處→雜貨店門前→門口	敘事、對話（夾雜廣東話）
5	第二人稱（你）	管理處→電梯→管理處→樓梯（底層與二樓之間的閣樓、過了二樓、七樓、十樓）	敘事、對話（夾雜廣東話）

6	第三人稱 全稱觀點	興記→管理處（木頭車）→電梯→樓梯（興記老闆、郵差、塑膠浴缸）→電梯→樓梯→十一樓走廊→麥嬸居所門口→十一樓走廊	敘事、對話（夾雜廣東話）
7	第二人稱 （你）	天台	敘事、對話（夾雜廣東話）
8	第二人稱 （你）	樓梯→吊籃→十一樓走廊→對面樓層→十一樓走廊（颱風）→鬈髮鄰人的居所	敘事、對話
9	第三人稱 全稱觀點	街道與大廈大閘之間（興記、天台）→管理處→樓梯	敘事、對話（夾雜廣東話）
10	第一人稱 （我）、 第三人稱 全稱觀點	颱風過後場面→樓梯→天台→電梯	敘事

（二）流動的人物與關係

　　小説中的人物稱呼十分特別而多變。沒有名字的人物，泛稱為管理員、婦人、小孩、店鋪夥計、幼童、聚觀的人、小童、老婦、帶頭的人等。或以人物特徵來描述，如身染感冒的婦人、鬈髮之鄰人、年邁的管理員（榮伯）等。或比較具體的稱呼，如興記老闆、麥大牛、麥嬸。泛指稱性及具特徵性的人物，符合社會現實中的疏離關係。大廈居住了固定的居民，但彼此都是陌生的，屬於浮動的關係。而比較具體的稱呼，則顯現緊密的接觸，相對親密的關係。這些稱呼，帶出多重語境及平等敘事的特質。浮動、陌生或比較親密的關係，創造喧囂的居住環境，也反映大家的平等地位。因為美麗大廈成立互助會，

出現特別的情況，包括兩部電梯壞了、爬樓梯、天台聚會等，鄰里關係由十分疏離到疏離再到比較親密，改變習以為常的規律。這種戲劇性的轉變，由第五章開始，電梯壞了之後，成為人物親疏關係的分水嶺，也是小說的核心部分。

（三）隱喻的封閉空間

　　電梯和樓梯是封閉式的公共空間，卻穿插各個章節中，串連居民的活動、交流和關係。兩者比喻為人對都市的兩種生活體驗，電梯「反映了都市的全面病態」，樓梯則是「反而獲得新鮮的經驗」。試看「你」的對比「感覺」：

　　　　你感覺電梯不過是一個幻象，樓梯則具體得多，你可以觸撫樓梯的欄杆，看見樓梯的樣子，這是一件磊落的物體，光明而不虛飾，在樓梯上步行，你有一種腳踏實地的感覺。你並不覺得疲倦，反而獲得新鮮的經驗，你想起在電梯中的侷促、擠迫、不著邊際、囚困、憂慮、惶恐等等的不安，反映了都市的全面病態。[30]

　　小說共有十四處描述電梯，散落在不同章節中，比較詳細的描述為以「你」的視角，與鄰居擠在電梯的經歷，「電梯頂的燈暗下來」、「發出噹噹的回響」、「電梯內瀰漫著濃烈的薄荷味」等。次要描述為以「他」的視角，說明電梯的由來、歷史等，「開始為電梯尋找一個名字，升降車，電箱，電櫥，自動運輸機，直昇機。」[31] 它們都是兩部壞了之前的描述。小說共有四處描述樓梯，主要集中在第五、第六章，電梯壞了之後。樓梯的光線是隱喻，說明拾級而上的鄰里關係。

以「你」的視角，與鄰居由底層爬行樓梯，由閣樓的煤黑，到二樓窗洞滲入冷涼的光流，到三樓轉角走廊透入燈光，到十樓「窗外有不豔亮但亦不完全晦黑的光」[32]。因此，「你」不需要隊尾的人的洋燭。「你」貫穿這個轉變，在「他」開了門亮了燈，看到中世紀意大利人賽雪蒂畫的浮在氣體上的大鳥。那是「你」找了很久的六個翅膀的天使，帶出日趨和睦的鄰里關係，體現「遠親不如近鄰」。

電梯修理過許多次，仍然沒有進展，而居民的生活漸起了變化，也慢慢適應下來。「每一層樓都有離去或前來參與的人眾，一種新陳代謝的交替。」[33]好像是在說一座城市的交替。居民察覺到樓梯已經發黑、牆面陷下斑痕、閣樓梯間光亮起來、樓梯不再潔淨等。樓梯成為居民「獲得新鮮的經驗」的場所，一球一球的布袋自梯上滾下、遇到興記老闆立刻訂貨、一人肩擔數十根赤皮甘蔗、賣麵婦人的一隻銻鍋攔在石油氣筒的筒頸上、新品塑膠浴缸被斜側推進、年邁的管理員不斷掃垃圾、掠過的黑貓、廊道傳來狗吠聲、十一層樓的婦人聚集在麥嬸戶內外、一群人運紗線筒、麥大牛背著麥嬸下樓看病，等等。居民從未如此親近，天台的開會則自然而成，深化彼此的關係。以往的互助會是每戶派代表開會，這次是誰高興就上來天台隨便談談。天台進一步成為居民「獲得新鮮的經驗」的場所。三個十歲小孩在工廠動物模型上塗顏色、「你」俯瞰街道景觀、三名婦人懸掛晾衣繩晾曬衣物、年邁的管理員不斷澆淋十數花盆、談論違例的天台木屋、鬈髮之鄰人在曬球鞋、麥嬸和數名婦人在編織毛線衣、穿牛仔褲的傳道人來傳道、婦人懸掛棉胎、興記老闆攜來木板條凳和吊蘭、三三兩兩的人繼續端來椅凳、油漆師傅阿廣和麥大牛擡來汽水盤，等等。在輕鬆的環境下，出現不同的聲音，談論住舊樓和洋樓的差別、談論住屋和樓

價問題等話題，更多的是討論電梯修理、樓梯裝燈和衛生、住戶養狗、管理處停放的木頭車、增加垃圾清理費等問題。居民在喝完汽水、取回自攜物品下，陸續散去。「我」找不到屬於自己家裡的電視機天線，而「你」無法分辨自己居住樓層的窗戶，說明轉換了站立角度後，一切變得陌生。

　　「自從電梯失靈之後，居住在大廈裡的人眾尋求了種種類型的方法謀求適應。」[34] 人們發揮守望相助精神，如替鄰居購買菜疏或日用品、分攤物品的數量、自動走到住在七樓的興記老闆家買糧油雜貨、婦人自發打掃樓梯、傍晚吊籃吊著垃圾或盒裝粉麵、麥大牛替鄰居修理電視機，等等。「你」與鬈髮之鄰人親近，一起喝雜菜湯、談論下圍棋的朋友、天使的故事等。羅氏夫婦的名字，出現在不少的章節裡，但二人因為電梯了，搬去酒店暫住，故不在廈的場所裡，屬於文本以外的人物，成為是居民的談論對象。「到梅麗來的日子並不很長，但你曾目擊一列樓宇的瓦解，又眼見新的大廈築成，自然的新陳代謝。」[35] 電梯壞了，居民依靠樓梯出入，是一種適應下來的交替。

三、兩種香港語境：黑暗面、光明面

　　以上的分析，我們清楚看到兩種香港語境的書寫，《他》是社會的黑暗面，《美》則是光明面，同樣刻劃七十年代的真實社會。這兩個層面結合而成「街談巷語」及「道聽途說」的整體性，也是香港都市文學的特質。

　　二集同樣採用慢筆手法，聚焦於兩個不同時間。《他》描述星期日約會的前幾天，突出一念地獄的抉擇，《美》則是由冬天至夏天，表達四季交替。場景上，《他》涉及三十多處混合開放與封閉的場所，

《美》則是十多處封閉式場所。它們是封閉式的空間小說，是因為前者是虛體的心理空間，後者是實體的生存空間。因應人物的行為，形成不同的活動空間。《他》的主角是亞洪，一直採用封閉式的心理空間，聚焦於搶劫、刀、手袋、鈔票、冼彩玲等思緒，都是矛盾的內心思考。在沒有工作、朋友等情況下，亞洪以自我封閉的方法，深化社會環境及階級的矛盾。亞洪沿路留下線索，擲掉手袋和血衣、搭計程車、押了兩隻手錶等，最後被捕。這種封閉式的結局，符合勸善的教化作用，對當時猖獗的犯罪案，具有警示效果，也照應前八個章節的報紙搶劫案新聞。《美》沒有固定的主角，出現二十多個人物，在平等的環境和關係中，創造開放及流動的格局，故結局也是開放式的，展現生生不息的生活，也是作者多次強調的「新陳代謝」。

二集也有缺場的人物，卻有不同的作用。《他》缺場的人物是冼彩玲，如前述是亞洪的幻想和藉口，《美》則是羅先生兩夫婦，象徵文化的缺席。《美》共有六處描述羅先生兩夫婦。他們都是老師，沒有孩子，家裡有一個大櫃都裝滿書，多半是外國書，門前寫著「大家恭喜」幾個雅緻的隸書，門口沒有垃圾桶，十分乾淨。因為地方太少，他們遲早要搬走，電梯壞了之後，搬到酒店暫住。從他們的職業、家居擺設和行為來看，與其他居民明顯不同，可視之為文化的象徵。而他們一直缺場，可以理解為文化的缺席。

二集展現兩種言語。英國哲學家奧思丁在五十年代提出表述行為的言語概念，一是述願言語，發表一個聲明、描述一種狀況等，沒有真實與否之分。一是述行言語，沒有真實與否，而是切實完成它所指的行為。[36] 藉助這個言語概念，《美》是述願言語，西西由始至終描述普通大廈居民的日常生活，而《他》則是述行言語，劉以鬯賦以惡

念壓倒亞洪的善念而行兇，為了「冼彩玲」成功搶劫。基於這個概念下，《美》相間運用三種敘事觀點十一次：第一人稱（「我」）（兩次）、第二人稱（「你」）（四次）、第三人稱（「他」）（一次）及第三人稱全稱觀點（四次），在對話中夾雜廣東話、上海話等，描述居民種種的行為，再現大廈居民的生活，向讀者講述這個世界的真實面。這是作者居住在美利大廈生活中的「街談巷語」及「道聽途說」生活經驗。我們藉此說明香港都市文學的語境，是由述願言語再現作者城市生活裡的內在價值。大廈是社會的縮影，實現居民的特質，由它展現城市的文化性格，從多種觀點和語言的轉換可見，香港是一座多元化的包容城市。

而《他》密集交錯運用兩種敘事觀點：第一人稱（「我」）及第三人稱全稱觀點，在敘事中夾雜報紙新聞，予人非搶劫不可的壓迫感，創造矛盾的內心世界，組織不能自拔的犯罪世界，超越重複再現搶劫案的社會現象。這是作者探求內在真實的實驗性之作，在「街談巷語」及「道聽途說」中的生活實驗。這是香港都市文學另一種語境，「星期日約會冼彩玲」創造搶劫案的一系列述行言語中的第一個設定，由它帶出彈簧刀、手袋、金錢、野狗、皮鞋、矛盾思緒等的輪迴過程。內心世界，是香港文學、華文文學以至文學，不可缺少的元素，通過述行言語表現人性，讓我們思考都市的種種誘惑，如何以文字序列事件，探討複雜的社會問題。從多種心理空間和場景的轉換，透視都市人的矛盾心態，人性的異化在於一念之間。

---

1. 劉以鬯：《他有一把鋒利的小刀》，獲益出版事業有公司 2013 年版。
2. 西西：《美麗大廈》，洪範書店有限公司 1990 年版。

3. 魯迅：《中國小說史略》，譯林出版社 2014 年版，第 5 頁。
4. 王賡武：《香港史新編》(增訂版)，香港三聯書店 2017 年版，第 460 頁。
5. 劉以鬯：《對倒》，獲益出版事業有公司 2017 年版，第 79、187 頁。
6. 劉以鬯：《島與半島》，獲益出版事業有公司 2015 年版，第 17、76、204 頁。
7. 何福仁：〈候鳥：記憶一些西西〉，載王家琪、甘玉貞、何福仁、陳燕遐、趙曉彤、樊善標編：《西西研究資料》(第一冊)，香港中華書局 2018 年版，第 289 頁。
8. 西西：〈後記〉，《美麗大廈》，第 212 頁。
9. 朱崇科：《故事新編中的敘事範式？以魯迅、劉以鬯、李碧華、西西的相關文本為個案進行分析》，中山大學碩士論文 2001 年，第 20 頁。
10. 劉以鬯：〈自序〉，《他有一把鋒利的小刀》，第 12 頁。
11. 劉以鬯：〈自序〉，《多雲有雨》，香港三聯書店 2018 年版，第 2 頁。
12. 劉以鬯：《他有一把鋒利的小刀》，第 13 頁。
13. 劉以鬯：《他有一把鋒利的小刀》，第 15 頁。
14. 劉以鬯：《他有一把鋒利的小刀》，第 100 頁。
15. 《青年樂園》1960 年 5 月 20 日第 215 期，第 6 版。香港文學資料庫。http://hklitpub.lib.cuhk.edu.hk/。同時，以「彈簧刀」為題材的連載小說，深受讀者喜愛，如阮朗(筆名「江杏雨」)《彈簧刀下》於 1966 年在《大公報 • 小說林》連載半年。
16. 劉以鬯：《他有一把鋒利的小刀》，第 46、57、124、129、154 頁。
17. 劉以鬯：《他有一把鋒利的小刀》，第 19、51、54、76 頁。
18. 劉以鬯：《他有一把鋒利的小刀》，第 31、35、83、92、112、144 頁。
19. 劉以鬯：《他有一把鋒利的小刀》，第 56、114 頁。
20. 劉以鬯：《他有一把鋒利的小刀》，第 48-49 頁。
21. 劉以鬯：《他有一把鋒利的小刀》，第 176 頁。
22. 劉以鬯：《他有一把鋒利的小刀》，第 158、165 頁。
23. 劉以鬯：《他有一把鋒利的小刀》，第 177 頁。
24. 西西：〈後記〉，《美麗大廈》，第 212 頁。
25. 王德威：〈評《美麗大廈》，《閱讀當代小說》，遠流出版社 1990 年版，第 238-243 頁。
26. 謝曉虹：〈通道的美學——讀西西《美麗大廈》〉，《淡江中文學報》2017 年第 36 期，第 227-250 頁。
27. 黃繼持：〈西西連載小說：憶讀再讀〉，載王家琪、甘玉貞、何福仁、陳燕遐、趙曉彤、樊善標編：《西西研究資料》(第一冊)，第 65 頁。
28. 陳清僑：〈論都市的文化想像——並讀西西說香港〉，載王家琪、甘玉貞、何福仁、陳燕遐、趙曉彤、樊善標編：《西西研究資料》(第一冊)，第 86-91 頁。
29. 建基於謝曉虹的十個章節劃分、聚焦及人物活動範圍的表列，本文調整為觀點、敘事場景及語言形式。在敘事場景中，特別加插電梯、樓梯等場所，具體化當中的封閉式空間。謝曉虹：〈通道的美學——讀西西《美麗大廈》〉，第 230 頁。
30. 西西：《美麗大廈》，第 93-94 頁。
31. 西西：《美麗大廈》，第 54 頁。
32. 西西：《美麗大廈》，第 96 頁。
33. 西西：《美麗大廈》，第 107 頁。
34. 西西：《美麗大廈》，第 163 頁。
35. 西西：《美麗大廈》，第 175 頁。
36. Culler, Jonathan 著，李平譯：《文學理論》，香港牛津出版社 1997 年版，第 123 頁。

輯二：
戰亂城市的自我定位
——侶倫作品

早期香港文學的滋長人
——以侶倫為例

　　侶倫（原名李林風，又名李霖）是香港文學的滋長人，也是新文學的開墾者，[1] 羅孚譽其為「香港文學的拓荒人」，[2] 袁良駿喻其為「一部活生生的香港小說史、文學史」，[3] 許定銘視其為「香港新文學史上第一批小說家」，[4] 似乎要談香港文學不能不談侶倫，要談侶倫不能不談香港文學。據溫燦昌《侶倫創作年表》，不計未編入單行本的作品及劇本，他曾出版近二十部小說和散文集，[5] 數量可觀，大抵與他活躍於香港文壇六十年有關。其實，五四運動與魯迅來港演講已經影響早期的香港文學，而侶倫對香港文學與文學又有另一番見解，呼應梁啟超以小說新一國之民的主張。在早期新文學園地上，文藝工作群體都是寂寞地來去的，侶倫在書中的前言後記中，清楚紀錄自己創作路上的心路歷程。從中反映香港作家是怎樣在文學路上滋長並以此為職業，也窺探香港文學與文學的生態環境。

一、新文學的定義

　　要了解早期香港新文學，需要了解中國現代文學發展歷程。根據唐弢的分析，[6] 中國現代文學發展的開端由五四運動開始，適應了新時代的社會需要，也汲取了歐洲資產階級革命以來的文化和文學養份。十九世紀末期，文學在封建正統文學的改革呼聲中，由梁啟超等

人竭力推行「新文體」，同時白話小報的出現催生「白話文為維新之本」、「開民智莫如改革之言」等主張，引進改良主義文學，在詩以外的文學樣式中，又引入小説和戲劇等被正統封建文化排斥的文學樣式。隨著印刷事業的發達、新興都市的繁榮、報刊的創辦，大量的小説應運而生，其社會地位也不斷提高。梁啟超倡導「欲新一國之民，不可不先新一國之小説」，小説成為新一代知識分子宣傳新思想的有力工具，他們大都在報刊發表作品，直接衍生一批職業作家。不同名目的小説如政治小説、社會小説、科學小説等應市，如雨後春筍，此際他們開始翻譯和介紹西方作品，而林紓的譯作產生了廣泛的影響；另有一批言情小説、狹邪小説、色情小説等鴛鴦蝴蝶派作品湧現，滿足讀者的庸俗情調和低級趣味。換言之，當時的知識分子普遍認為小説釋放時人壓抑的心理和苦悶的精神，同時滿足日漸奢靡的社會風尚，推動社會各方面的發展，是寓教於娛的社會工具。創造小説本身就是意識形態的行為，從中主導社會群體，擺脱正統的文學樣式的影響，例如詩言志的傳統觀念。這些不同層面的知識分子通過某種群體意識和社會經驗，表現自身對主導社會群體的獨立自主。

唐弢續析，[7]五四以後的文學創作，隨著時代的發展，在內容、形式和創作手法等方面，也有明顯的變化和發展。由《新青年》、文學研究會提倡猛烈抨擊封建制度、軍閥黑暗的寫實文學，如魯迅的《吶喊》、《徬徨》，到創造社為代表的浪漫主義，到 1928 年無產階級革命文學運動的興起，中國左翼作家聯盟的成立，促使無產階級革命文學的發展，如茅盾的《子夜》、老舍的《駱駝祥子》、巴金的《家》等優秀作品。新文學從思想表現、形式、結構等方面，廣泛受到外國文學的正面影響，如魯迅的《狂人日記》。到了延安文藝座談會後，

文學走上毛澤東的文藝路線，作家與群眾的生活和思想結合，文藝手法在民間文藝與古典文學的繼承與創造中，又吸收外國文學並加以改良，促使新文學自覺地走上別具特色的道路。

事實上，從影響的焦慮 (the anxiety of influence) 來看，新文學的作家以自身特性與文學知識而形成的規則所建構的獨特小說體系，逐漸轉變而成群體與權力聯繫的特定系統，對往後的文學創作產生無可估量的影響。所謂影響的焦慮，是詩人中的強者為了拓展自己的想像空間而相互誤讀前一位詩人的詩。布魯姆提出六個修正比，包括真正的詩的誤讀或有意誤讀、「續完」和「對偶」、抵制重複強制的自衛機制、朝向個人化的「逆崇高」以反動前人的「崇高」、孤獨狀態下的自我淨化及「死者的回歸」（後來者全然向前人敞開自己的作品如同返回到原處），以此闡釋在焦慮的原則下，後來者如何抗衡前人的影響到反被影響的過程。[8] 具體言之，藉助布魯姆所提出影響的焦慮理論，放在新文學身上，作家創造小說達到前所未有的自由，這種自由感的出現造就作家之間的競爭，在來自社會衝突與階級矛盾中，作家總是在影響、被影響與反被影響的循環過程中，產生焦慮。在焦慮的原則下，新的作品總是由前人的作品催生出來的。無數的作家在不斷創作、競爭與浸淫中，影響文學趣味與理解，群體的選擇由是發生了根本的變化。

二、早期香港文學的萌芽

五四運動對早期的香港文學產生直接的影響，其根本的影響是由魯迅南來開始。侶倫憶述一九二七年魯迅來港在青年會演講〈老調子唱完了〉，聽眾大抵是教育界、新聞界和部分青年學生，對魯迅的認

識只限於「一個有名氣的文學家」的模糊概念罷了。[9]當時《華僑日報》追蹤魯迅來港的動向，並刊登〈無聲的中國〉演說詞全文[10]，署名探秘[11]、濟時、[12]碧痕[13]等文人，相繼在報上發表文章分享見聞及討論香港文學要走的路。魯迅代表反傳統與白話文運動的聲音，來港演講打破沉寂的新文學文壇，啟發青年人辦刊物。青年人未必充份理解魯迅來港的意義，卻從上海、廣州等地接觸到感傷色彩的作品，誘發他們朦朧的憧憬及理想，掀動香港新文學的序幕。[14]林曼叔總結魯迅來港演講意義重大，影響深遠，積極促進香港文學向前發展。[15]劉以鬯指出香港在從事創作上既可以繼承五四的傳統，又能辨認西方文學的新趨向，把兩者融合從而產生一種獨有的香港文學。[16]魯迅來港演講積極推動香港的新文學發展，延伸內地的新文學風氣，是強勢作家促進香港新作家成長的明證，又是新文化領域的重大覺醒。

　　新文化能夠在香港滋長，[17]侶倫認為書店是主要功臣，荷里活道的「萃文書坊」、「荷里活圖書公司」及「綠波書店」，都是經售新文化或新文藝書籍與思想性雜誌刊物。二是報紙新文藝副刊推動文藝事業向前，如《大光報・大光文藝》、《大同日報・大同世界》、《華僑日報・華嶽》、《南華日報・南華文藝》等文藝副刊，盛況空前，集結愛好新文藝的人，也聚合研究新文藝的人。三是文藝雜誌的出版促進新文藝的興起，如一九二八年創刊的半月刊《伴侶》[18]，被譽為香港文壇第一燕，側重刊登創作小說，次為翻譯小說，輔以雜文、閒話、山歌等欄目。四是孫壽康以純粹文化界身分經營「受匡出版部」，是香港第一個新文化出版機構。五是香港第一個新文藝團體的「島上社」出現，[19]該社中堅分子曾經在《伴侶》發表過作品，但《伴侶》經營不到一年結業，社員張吻冰與岑卓雲分別找贊助支持《島上》復

刊。一九二九年，新文藝雜誌《鐵馬》面世，比《伴侶》走上更純粹
文藝氣息的路。其後香港陸續出現過不少文藝風格各異的雜誌，如《字
紙簍》、《激流》、《時代風景》等，主要刊登短篇創作、詩、散文
等文藝作品，但終因香港文化環境的局限，讀文章的人就是寫文章的
人，又缺乏經濟條件，雜誌總是難逃年輕夭折的命運。在新文化刊物
中，《紅豆》的壽命較長，以六期為一卷，一共出了四卷五期，只刊
登詩與散文，故意不刊登小說。侶倫清楚說明香港早期文壇的演進歷
程，作家集體有意無意地滋長出自己獨有的文學園地，在五四的傳統
上選擇性接受在大陸以外的一些作品，既吸收新文學的養份，且努力
擺脫前人的影響。

　　侶倫憶述，二十年代中期至三十年代初期，香港的新文藝工作者
都不是專業的，或有固定職業，或在唸書，或是南來青年，純粹是基
於對新文藝的愛好而寫作，大都是在當時的報紙文藝副刊發表作品。
《伴侶》、《鐵馬》、《紅豆》等刊物的出現，不足以說明新文藝活
動開始，還需要依靠文藝開墾者的貢獻。黃天石、張吻冰、岑卓雲、
謝晨光、龍實秀、張稚廬、黃谷柳、葉苗秀，都是香港文學的開墾者，
在沒有組織的「拓荒」時期，表現較為突出，世人應該不要忘記他們
的名字。[20] 作家順應文學園地而自覺創作，又因自覺創作而建立文學
園地，以群體推動群體的影響模式，因應個人的性情、文學氣質和所
處環境的差異或距離，最終選擇不同的文學樣式補充不同的看法，形
成拓荒群體，侶倫也走上職業作家之路。這個群體出於感召心理的關
係，在近似的人生經驗、學識與抱負中，形成相近的文學趣味，本質
上是一種自衛的機制。在取得群體內外的認同之際，作家又要抗衡外
在因素的影響，或以此拉攏群體。

三、香港文學與文學

　　侶倫肯定香港文學的傳統價值與實踐意義。一是香港文化沙漠中也有水草，「我無意為一些人所謂的『香港是文化沙漠』這一概念作辯正；我只是憑自己的記憶，把所知的一些人與事記下來，說明這塊『沙漠』也曾經出現過一些水草」。[21] 二是不能否定香港文學的存在，「香港縱使是『文化沙漠』，香港也是有文學的；不管那是怎樣一種性質的文學，卻不能夠否定它的存在」。[22] 建基於扎根香港的信念，他的小說自覺地以香港為背景。《窮巷》的故事，發生在九龍木杉街殘舊的樓房，樓下大門口掛著一塊用紅紙裱糊的木板招牌，寫著：各種香煙發售，名貴雀牌出租，刻劃一排樓房的天台、船廠上下班的汽笛響號，戰後香港的傷痕處處可見。其次，他運用文人對社會敏銳的洞察力，再結合個人的痛苦生活，化為筆下來自社會不同層面的人物，普遍反映現實生活和人物心態。《窮巷》的作家高懷、小學教師羅建、收買佬莫輪、失業漢杜全、飄零無依的白玫、包租婆周三姑、香煙檔主旺記婆、惡霸王大牛等正反人物；《阿美的奇遇》的女傭、少奶奶和少爺；《窮親戚》的暴發戶顧老先生；《幽魂》的物業經紀嚴老爺；《彩票》的律師樓小書記丁先生；《換班》的新聞從業員霜和教師琳；《茫茫的待望》的戲劇家和教授太太；《婚禮進行曲》的商人趙鳴崗和千金小姐孟青元……各種各樣的人物都是社會上的一員，也是人生的片斷，通過描述他們的個人遭遇，反映當時社會最根本現象，帶出人性的善惡美醜，同情小人物的不幸和痛斥惡勢力的橫蠻無理，重新返回以小說救社會的自我覺醒意識，創造美好新世界的宏願。

　　侶倫對文學充滿信心和信任。「我對文學沒有甚麼虛榮的野心，也不是把文學當作遊戲。既然在這條路上走下來，也只好繼續走下去

了」，[23] 他一心一意對待文學，「藝術有如一個迷惑的、卻又非常崇高的貞女的幻影，叫人愈是捉摸不著便愈是追求不捨。除非你根本對『她』不感覺興趣，否則在那『長路』上做了傻子（？）自己也不會知道」，[24] 他敬重那些執著在藝術事業路上的作家，又要跟現實主義對抗，而又不計較成敗。他一直奉行高爾基的寫作理念作為自己的寫作旨趣：「寫你所熟悉的」，這個思想一直到晚年也沒有改變。《黑麗拉》、《永久的歌》、《茫茫的待望》等男女愛情類作品；《換班》、《伏爾加船夫》、《彩票》等夫妻關係作品；《窮親戚》、《阿美的奇遇》、《愛名譽的人》等社會層面的作品，都是取材自現實生活，脫胎自人生歷練。還有，他認為文學能反映時代與社會生活，本身應該具有思想性與藝術性，才能散發它的感染力，而不是鬥爭性的宣傳工具。[25] 換言之，「一個文學作品只要主題純正，內容清潔，不低級趣味，不導致讀者墮落，這是起碼條件，也便是健康的作品」。[26]《窮巷》的「窮」只是故事的起點，更多的是作者傳達正面樂觀的訊息，「在這樣的生活方式下，彼此之間只有同情和友愛，關切和互助；卻沒有矯飾，拘泥或勢利的思想」。[27] 人物滿懷希望，是未來的探索者，「人往往把光陰比作流水；可是對於困苦中掙扎著的人們，日子卻是停滯的，它只能比作止水。今天和昨天一樣，明天也將和今天一樣。——只是明天卻維繫了希望」，[28] 他們各懷希望作為生活的原動力，高懷希望照顧白玫和著作快些完稿；杜全希望找到職業跟阿貞在一起；莫輪希望收買到一件古董和尋到仇人王大牛的踪跡；羅建希望家裡不再寄來催錢的信和妻子的病情好轉。到了人物不知往哪裡走的時候，會自我安慰，「必須對於生活不失望，對於前途有信心」、[29]「因為你和我都相信我們是有前途的」、[30]「不要回頭看了，要看的是路」[31] 等

內容感染讀者。縱然生活富有挑戰性，仍然是充滿希望的。

四、結語

　　侶倫是五四精神的忠誠實踐者，伴隨香港新文化成長，在向水屋內，不斷內化自己和淨化作品，為香港文學留下濃郁幽香的紅茶餘溫，而非群體中的一株無名草。

原載《文學評論》2017 年總第 50 期，頁 101-107。

1. 根據《早期香港新文學資料選》（一九二七——一九四一年）分析，本文將早期香港新文學定為以一九二七年至一九四一年。早期是萌芽期的意思，泛指二、三十年代。起點為一九二七年是因為那年二月魯迅來港演講，多少刺激了香港文化界和文壇，同時白話文大約在此年被部分報紙副刊接納。一九二八年，號稱最早的新文學雜誌《伴侶》創刊。一九三七年「七七盧溝橋事變」前後，大批中原文化人南來，本港新文學頓時非常旺盛。一九四一年太平洋戰爭爆發，十二月香港淪陷，新文學活動全面退潮。故此將一九四〇到四一年一併納入二、三十年代來處理。鄭樹森、黃繼持、盧瑋鑾編《早期香港新文學資料選》（一九二七——一九四一年），天地圖書有限公司，1998 年，第 4 頁。
2. 羅孚：〈侶倫：香港文壇拓荒人〉，《南斗文星高——香港作家剪影》，天地圖書有限公司，1993 年，載黃仲鳴編著：《侶倫作品評論集》，香港文學評論出版社，2010 年，第 5 頁。
3. 袁良駿：〈侶倫小說論〉，原載《香港文學》第 177、178 期 1999 年 9 月，載黃仲鳴編著：《侶倫作品評論集》，第 115 頁。
4. 許定銘：〈侶倫的第一本書《紅茶》〉，原載《文學評論》第 11 期 2010 年 12 月，載黃仲鳴編著：《侶倫作品評論集》，第 98 頁。
5. 溫燦昌：〈侶倫創作年表〉，原載《八方文藝叢刊》第九輯，一九八八年六月，載黃仲鳴編著：《侶倫作品評論集》，第 269-290 頁。
6. 唐弢主編：〈緒論〉，《中國現代文學史》（一），人民文學出版社，1990 年，第 1-16 頁。
7. 唐弢主編：〈緒論〉，《中國現代文學史》（一），第 16-27 頁。
8. 哈羅德·布魯姆著，徐文博譯：〈緒論〉，《影響的焦慮——一種詩歌理論》，鳳凰出版社，2006 年，第 1-16 頁。
9. 香港的新文化的出現大概是四十年左右的事，五四運動給予香港社會的影響似乎只有抵制日本貨的概念而已，思想頑固的人不但反對白話文，也否認白話文是中國正統文字，看見有人用白話文總會搖頭歎息言國粹淪亡；另一方面，買辦階級思想傳統的人又鼓勵子女讀外文以便易於在洋行打工，這就是新文化運動的混沌時期。在這個時期，也有開通的一面。一九二三年左右，香港部分小學教師倡讀國語，並組織「國語研究會」，間接傳授白話文，在少年學生播下新文化種子，侶倫是當中的一株幼苗。侶倫：〈香港新文化滋長期瑣憶〉，《向水屋筆語》，三聯書店，1985 年，第 3-4 頁。
10. 魯迅認為許多中國人以別國的言語來和中國人談話，這是別國有聲，中國人無聲，不是自

己講話，而是別國替中國説話。現代古董式的文章是古代的聲音，不是現在的聲音，模仿古人寫文章而當作是自己的，是看不出新的感情。他建議中國現代人應該説現在的話，相互傳達我們的思想和情感，不要説孔孟的話。在情願保存古文而甘滅亡和犧牲古文而回生存的兩條路下，他勸喻世人走第二條路。許廣平女士傳譯，黃之棟、劉前度筆記：〈周魯迅先生演説詞《無聲的中國》〉，原載《華僑日報》一九二七年二月二十一日，載鄭樹森、黃繼持、盧瑋鑾編：《早期香港新文學資料選》（一九二七——一九四一年），天地圖書有限公司，1998 年，第 56-59 頁。

11. 探秘曾先後在《華僑日報》發表〈著名學者來港演講消息〉及〈聽魯迅君演講後之感想〉文章，前文概述魯迅及孫伏園的事跡，後文分享〈老調子已唱完了〉演講感想，欣賞魯迅的不平則鳴，批評唐宋元清及歐洲大戰後的各國文藝的貴族式文藝，屬非真正的文學，是老調子的文學，故此不宜再彈，必須另彈別調，創造一種新思想的新文藝。這是中國自五四運動以來的主調，而非魯迅自創的，但香港較少有新的傾向，故此他的一席話是給香港青年的適合禮物。分別見《華僑日報》一九二七年二月十四日及二十三日，載鄭樹森、黃繼持、盧瑋鑾編：《早期香港新文學資料選》（一九二七——一九四一年），第 53、60-61 頁。

12. 濟時發表〈會晤魯迅先生後〉一文，指出他跟魯迅討論香港思想界一直壓伏在頑固陳舊的勢力下一事，請他務必痛下針砭，欣賞他演講〈無聲的中國〉能對症下藥，並向他請教中國文學將來的趨勢、詩的意見、青年文學讀本等文學上的問題，他逐一回答，説未曾考慮過趨勢，也從未研究過詩與劇本，謂文學究不能盡平民化。青年受到消極悲觀文學的感染，宜改編有關讀本。《華僑日報》一九二七年二月二十四日，載鄭樹森、黃繼持、盧瑋鑾編：《早期香港新文學資料選》（一九二七——一九四一年），第 62-63 頁。

13. 碧痕稱許魯迅演講〈無聲的中國〉説得痛快淋漓，説出中國無聲與文學的關係。香港青年處於混沌狀態中，受環境及舊文學的影響，必須衝破防線，放下古人的思想包袱，自覺地走上一條光明的路。見《華僑日報》一九二七年二月二十五日，載鄭樹森、黃繼持、盧瑋鑾編：《早期香港新文學資料選》（一九二七——一九四一年），第 64 頁。

14. 鄭樹森、黃繼持、盧瑋鑾編：《早期香港新文學資料選》（一九二七——一九四一年），第 5-6 頁。

15. 林曼叔：〈魯迅赴香港演講經過的幾個質疑〉，《魯迅研究月刊》2015 年第 9 期，第 29 頁。

16. 劉以鬯：〈有人説香港沒有文學〉，原載《文匯報·文藝》一九九二年六月二十日，《暢談香港文學》，獲益出版事業有限公司，2002 年，第 31 頁。

17. 侶倫：〈香港新文化滋長期瑣憶〉，《向水屋筆語》，三聯書店，1985 年，第 4-21 頁。

18. 一九二八年，侶倫在《伴侶》雜誌上發表〈殿薇〉、〈O 的日記〉等短篇小説，往後，在不同的刊物發表作品。溫燦昌：〈侶倫創作年表〉，原載《八方文藝叢刊》第九輯，一九八八年六月，載黃仲鳴編著：《侶倫作品評論集》，第 271 頁。

19. 一九二九年，侶倫與謝晨光等組成「島上社」，翌年，「島上社」創辦了《島上》雜誌。參見溫燦昌：〈侶倫創作年表〉，原載《八方文藝叢刊》第九輯，一九八八年六月，載黃仲鳴編著：《侶倫作品評論集》，第 271 頁。

20. 抗戰爆發以後，有部分曾經為新文藝工作效力的作者，因應讀者口味的轉變而轉變，或離開崗位，或換了筆名寫連載的章回體小説，傑克（黃天石）以《紅巾誤》、望雲（張吻冰）以《黑俠》、平可（岑卓雲）以《山長水遠》等單行本，發展自己的事業又贏得讀者。至於，謝晨光和岑卓雲是最早脱離文藝工作圈子，張吻冰、龍實秀、張稚廬、黃谷柳、葉苗秀都先後去世。黃天石主持過報紙又辦過政治刊物，當日在報紙上發表中篇小説《露惜姑娘》，視為香港新文藝園地中第一朵鮮花，又出版《獻心》散文集；謝晨光在香港報紙寫作，又在上海的《幻洲》、《戈壁》、《一般》等雜誌發表作品，並出版《貞彌》（印好了卻沒有發行）

和《勝利的悲哀》；龍實秀出版小說集《深春的落葉》；杜格靈出版文藝短論《秋之草紙》；張稚廬是文藝刊物《伴侶》的主編，在其主編刊物發表作品，出版《床頭幽事》和《獻醜之夜》兩本小說集；黃谷柳其後出版長篇小說《蝦球傳》。侶倫：〈寂寞地來去的人〉，《向水屋筆語》，第29-31頁。

21.侶倫：〈前記〉，《向水屋筆語》，第2頁。

22.侶倫：〈前記〉，《向水屋筆語》，第2頁。

23.《讀者良友》記者：〈作家侶倫暢談小說創作〉，原載《讀者良友》創刊號，1984年7月，載黃仲鳴編著：《侶倫作品評論集》，第214頁。

24.侶倫：〈藝術家的路〉，《五十人集》，三育圖書文具公司，1961年，溫燦昌：〈侶倫創作年表〉，《八方文藝叢刊》第九輯，一九八八年六月，載黃仲鳴編著：《侶倫作品評論集》，第284頁。

25.《讀者良友》記者：〈作家侶倫暢談小說創作〉，原載《讀者良友》創刊號，1984年7月，載黃仲鳴編著：《侶倫作品評論集》，第214頁。

26.《讀者良友》記者：〈作家侶倫暢談小說創作〉，原載《讀者良友》創刊號，1984年7月，載黃仲鳴編著：《侶倫作品評論集》，第214頁。

27.侶倫：《窮巷》，三聯書店，1987年，第54頁。

28.侶倫：《窮巷》，第148頁。

29.侶倫：《窮巷》，第51頁。

30.侶倫：《窮巷》，第258頁。

31.侶倫：《窮巷》，第261頁。

侶倫從都市愛情寫作到社會底層創作的轉向

在早期香港新文學園地上，文藝工作群體都是寂寞地來去，侶倫便是其中一員。在書中的前言後記中，侶倫清楚紀錄自己六十年創作路上的心路歷程，更多的是談論自己的文學觀，包括個人寫作與現實生活的矛盾及市場需求的衝突、作者與讀者期望的不平衡、作家寫作與出版商的從屬關係。這裡反映香港作家是怎樣在文學路上滋長並以此為職業，也窺探作家從個人寫作到底層創作的轉向。近年研究侶倫的成果有限，主要探討其作品的藝術成就，如早期感傷色彩小說的藝術特色，或其長篇小說代表作《窮巷》的藝術特徵，較少從市場需求的角度，結合作家的文學思想和創作風格，分析個人創作的矛盾和轉向。在寫作生涯中，侶倫貫穿他整個文學觀，尤其是小說的題材和時代背景，顯示他如何在痛苦生活中，由感傷色彩的個人層面轉移到關愛貧苦大眾的社會層面。

一、個人寫作與市場需求的衝突

侶倫在寫作中，想寫一些突破性的東西，但其富傷感的性格又自然而生，故寫下早期的短中篇小說，受讀者追捧。「因為心緒的關係，行文上就常常被過分濃重的感情所支配。這樣無聊的東西，雖然據我知道，也為一些人喜愛著，在我卻覺得是罪過的事情」，[1]他深明自

己的個性適合寫傷感的作品，卻又不願只寫此類作品，視之為罪過。
這些感性意味較濃的作品，他認為「也許我的氣質被認為比較適宜寫
那種作品的原故」。[2]個人性情與作品風格或會相生並長，作家的情
思會由隱而露，文章內容也會由內到外。侶倫卻視之為「罪過」，認
為像《黑麗拉》這類傷感味道很濃厚的作品，是不應該被讀者喜愛的。
除了《黑麗拉》外，還有《無盡的愛》和《永久之歌》也深受女性讀
者喜愛，並曾印了好幾版，但他視這些題材為無聊的東西並帶有傷感
主義，深感罪過。他又補充，「有些人是含住眼淚讀那些小說的」，
[3]這種不健康的東西應該被否定。他早期的個人寫作多以男女愛情為
主軸。其實，這些作品「都是取材自現實生活及脫胎自人生歷練」，
[4]是受歡迎的原因，當中尤以女性讀者群為主。

　　至於侶倫的另一層痛苦，是個人的性情不肯稍微遷就時尚或順應
市場。作為社會下層出身的作家，又是家中的長子，侶倫以寫作為生。
在寫作路上，他亦步亦趨，總是想謀求中庸的方法，卻被誤解。「被
旁人認為最壞的固執脾氣，又不肯稍微遷就時尚，寫些迎合地方性的
流行趣味的作品」，[5]他沒有因此放下底線只寫迎合讀者口味的作品，
排斥為了適應讀者口味而創作的舉措，「簡直就是侮蔑了文學事業的
尊嚴」，[6]一股文人傲骨油然而生。但是為了生活，他只好適時遷就
市場，而非屈從市場，他一方面沒有為了迎合讀者口味而寫作，但一
方面卻要為了適應發表場合或性質而寫作。看似矛盾，卻又是職業作
家不能不全盤考量的寫作底線。在寫作路上，他堅持求索創作與需求
的平衡點，又欲跳出窠臼，「但是由於生活圈子的狹小，我始終還不
曾寫出自己認為稱心的東西。加上個人的氣質關係，儘管我如何去變
換題材，本質上仍舊脫不了過於感情的趨向」。[7]雖然他知道部分讀

者似乎也喜愛他那些濃重感情氣氛的作品，但他決不是為了這個緣故而變成這樣的，是自己的意志使然而已。個人氣質潛意識地主導他的寫作心態和選擇題材。他曾多次提及「個人的氣質關係」，是早年基於家庭和環境的複雜因素所形成的結果，尤其是三十年代中期。他曾經歷過一次重大的感情打擊，只好透過文字寫下當時惡劣的心情，不期然轉化成感傷的作品。加上從幼年起，他就接受了航海員父親孤僻性格的遺傳，以及受盡人生痛苦的母親的感情氣質的影響，「碰上任何叫人感動的事情，都容易掉落眼淚」。[8] 蒙柏綜合他的個人性情和生活環境，以「不卑不高，宜俗宜雅」八個字來形容他忠於作家的身分與創作。「他（侶倫）有特異的趣味和性格，是那麼劃然出眾……環境、心境，有時都會變，可是他的特性卻始終如一地保存下來……對朋友，固然有矜，但不會冷卻空氣；有熱情，但不會僭越自己的本份。我可以用『不卑不高，宜俗宜雅』這八個字。……如果用藝術家來比擬他，他同樣有著身分的莊嚴和製作的忠實；不取悅俗眾，不向時尚低頭；寧可更不得志，不肯稍為貶值自己。」[9] 個人情趣與創作手法往往互為因果的關係，作者的情思喜好決定作品體制，或是體制的選擇取決於作者的性情。

　　由於侶倫個人的氣質關係，滋長他寫下不少以都市為背景的細膩愛情小說，寫下一篇又一篇個人化的作品，成為都市愛情小品的典範。《伏爾加船夫》圍繞電影《伏爾加船夫》展開「他」通過婚外情尋找刺激的經過，大量刻劃「他」盤算攻陷情人綺芬的芳心、避開妻子的耳目、幻想偷情的歡愉等交錯的情緒，計算「他」意圖出軌又怕敗露的矛盾心理。他的妻子無意間發現丈夫出軌的痕跡，由心痛憤怒到故意營造機會的曲折心理，寫來一絲不苟。作者進一步描繪綺芬欲

拒還迎的真情假意，又妻子在關鍵時刻現身，最後帶他去看《伏爾加船夫》，揭穿綺芬在另一男子懷中，是愛玩弄感情的女子。妻子機靈地挽回婚姻對比綺芬左右逢源的矯情。《彩票》的丁先生是律師樓的小書記，其收入只可以應付生活上的開支，當時社會市民普遍流行「人無橫財不富的觀念」，他與大部分人一樣愛買彩票，不貪圖不義之財。某次，他以為中了彩票卻無意中丟失了彩票，作者運用大量篇幅記述他跟太太大肆追尋其下落，反復鋪陳，抽絲剝繭，到了尾聲迫近真相的時候，卻發現誤中空寶。從失去到復得又再失去的過程中，巧妙帶出天意弄人的哲理。《換班》的小夫妻霜和琳是都市上班一族，霜是返晚班的新聞從業員，琳是日校小學教師，彼此工作時間相反沒有直接講話的機會，只好靠字條傳情達意。大家心想要改變生活狀況，於是霜向社長提出換成晚報工作，即工作時間由夜班改為日班；琳答應校長改教職工婦女識字的夜課。從調換工作時間上看，夫婦同樣看重對方，設法改變自己的工作時間遷就對方，無巧不成話，雙方成功換了班，工作時間終究是相反。東瑞認為侶倫雖然寫愛情，但他有自己的思想、宗旨和風格，有別於當時流行的貨色，因此，當時的青年男女樂於接受他的作品，非常暢銷，有大批的讀者，出版商遂爭相出版。[10] 劉以鬯指出他「在『為生活而寫作』時，態度比較認真，無意將自己的小說成為純消遣品」。[11] 梅子分析他是在真、純、烈的大前提下，以濃重的感情寫下作品。[12] 大抵他是「為情而造文」而非「為文而造情」，在個人寫作路上表現出作家的性情，仍以文學性為主，沒有屈服於市場。

二、個人寫作與現實生活的矛盾

　　侶倫沒打算成為職業作家，卻以此為生，在思想矛盾中寫作並產生一層痛苦，這是個人寫作的必經之路。「我是不能把寫作當作職業，而事實上又被迫著形成了職業的人」，[13] 他認為這樣做只會造成痛苦，或是痛苦逼迫創作，因為對一個作家而言，「沒有比在生活的前提下執筆更痛苦的事」，[14] 同時，「創作的生活對於我是並不愉快的」。[15] 在世界上無數的生活方式中，這是他自己選擇的一條路，實在是沒法怨天尤人。在創作生活中，寫作沒有帶給他愉快，除非是以寫作為消遣目的，「如果還得靠發表機會來支持寫作生活的話，便不能不顧全一下客觀條件的要求：無論是作品的題材，性質，以至字數，都得盡可能作若干限度的遷就」，[16] 作家在創作上受到箝制，他稱之為「『削足』以求『適履』」。他愛寫作而寫作，並非是對因愛文學而寫作。但實際上，「我又不曾放下我的筆──在需要的情形下我還得拿寫作，作為支持生活的手段。這是我感到痛苦的一種矛盾」。[17] 長期以來，他以寫作為生卻又無法調和現實生活的矛盾，因而感到痛苦。從職業謀生的角度來看，作家固然是很需要多產的，但從事業理念的角度來看，作家卻希望自己盡可能寫得很少。這種理想與實際的抵觸，他認為是自己在寫作生活上無法調和的矛盾，同時「也使純粹靠寫作來支持的實際生活長久陷於困境」。[18] 更甚者，他個人生活的不安定又影響創作，大戰後整整十年，他在無可奈何中純粹是靠一枝筆桿來支撐生活的，而在《窮巷》寫作期間，「正是我的生活最艱難的日子」。[19] 當時普遍市民也是過著艱辛的日子。他也是過著這樣的崢嶸歲月，因此，這種生活經驗造就他轉向關顧社會底層人物，為現實世界中小人物發出求存的呼喊，也是為一群過著艱辛日子的作家發出內心的吶喊。

　　抗戰時期，香港文壇變得不容許一個忠於自己的文人有餘裕過活，饑飢的陰影緊隨著侶倫，日漸威脅到他的生活。他身邊的朋友改做文學上的投機買賣而名利雙收，而他在痛苦生活中抵抗這股誘惑，執意不寫，但生活的困頓快要磨滅他的意志，他只好在生活與理想的夾縫中賣點稿子掙錢，寫一些文藝逸話之類的東西，這是他的趣味與特性又是他的悲哀。因為這股趣味與悲哀相生相長，形成他大幅度轉換寫作題材與風格的決心。《窮巷》的高懷可以說是他的側影。高懷靠譯稿和寫稿為生，其目的是要完成《抗戰時期的新聞記者》一書，但經常為了應付生活問題而要賣文掙錢，寫書時寫時輟。因拖欠房租和要為杜全找工作，而常常找《大中日報》老李幫忙。這就是文人的痛苦，要賣文為生卻又不願以此為生，要寫作又不能不顧及生活，但生活困頓又不忘照顧失業的朋友。欠租與失業是當時社會常態，《私奔》的夫婦因失業又加了房租，沒法付清拖欠的房租，冒險漏夜逃跑，男的提著皮箱子卻蹓上巡警，支吾以對，因形跡可疑被逮住，女的一手提著皮箱子一手抱著嬰孩，逃出之際，巡警拍門查問而驚醒了屋子裡的人，她當場被原形畢露。另外，當時普遍低下層人物總是借錢度日，《窮親戚》的顧老先生和顧老太有一名窮親戚白頭婆，她的父親是顧老先生的義父，她的丈夫死了，兒子去了南洋謀生，因戰亂而斷了聯絡，她只好常找顧老太借錢度日。有一次，她帶著雞皮紙袋找顧老太，顧老先生不勝其煩打算給她五元鈔票打發她走。沒料到，她今次帶來好消息，終於找到馬六甲的兒子，兒子匯了二百塊錢給她，於是，她拿出兩年來所借下的一百八十五塊錢，還送來謝禮兩瓶酒和兩斤臘腸給他們，顧老先生頓時語塞無地自容。失業、欠租、借錢等社會現象，成為侶倫小說活生生的題材，也是他轉向底層寫作的意識形

態，以寫實手法記下那一代人掙扎求存的歲月。

三、作者與讀者期望的不平衡

　　侶倫認為自己動筆之前沒有為小說賦予任何的意義，但當作品面世以後，讀者會從中找到一些意義，那只是作品自行給予的意義而非作者本人，「說到作品的風格，這是讀者的客觀的看法，在作者自己，卻是很難說得清楚的事」。[20] 正如早期的感傷小說，讀者看完了總會流淚，但叫人讀了流淚的作品未必就是好作品，而他當初寫的時候也沒有這樣的意圖。作者的任務是盡情地傳達自己的感情，讀者對作品的看法是讀者的事。在自己的寫作過程，創作是興之所致，由個人的感念出發，經常同一時期寫不同的題材或創作不同風格的小說。結集成書時，會考慮把相近的題材放在一起，保持內容的一致性。如果讀者拿作品寫作或出版日期來衡量他的思想就會有所偏差。作者的角色是用自己的手法反映對事物的觀感，需要通過自身的思想和社會觀加以結合。「作家應該有其選擇反映角度或反映方法的自由。而這種選擇，卻取決於生活圈子的大小和生活體驗的深淺而有不同的歸趨」。[21] 《阿美的奇遇》的女傭、少奶奶和少爺、《茫茫的待望》的戲劇家和教授太太、《婚禮進曲》的商人趙鳴崗和千金小姐孟青元等，或多或少能反映他的生活圈子，也反映當時社會不同層面的小人物遭遇，是貼近社會現象的作品。作者在創作中會忘了讀者的存在，往往是忠於自己，在寫作過程中，「根本不意識起讀者底存在的」，[22] 但讀者的期待和盛情又是作者創作的原動力，是一種力量的鼓勵，「儘管自己如何不滿意這個作品，也不免感覺到心頭有個無可奈何的負擔」，[23] 可見，他身為作者會感到是一種負擔，怕辜負讀者的期望。

於是，在汲取外國文學和創造新文學中，他自覺地改良作品形成
「不是純消遣品」，開墾自己的文學土壤，在個人寫作上試圖探索底
層人物的生活，是寫作轉向的過渡期。作家本身的文學修養會決定作
品的質素，一個真正的作家，需要在各方面不斷地充實自己，這樣才
會創造多姿多采的作品。他建議作家要寫、要讀，讀本國與外國名家
的作品，學習他們的寫作方法。[24] 模仿各種各樣的風格，順應個人性
情與氣質鍛煉才能，這就是寫作指南。太平洋戰爭期間，他讀了一些
朋友寄給他的書籍，如《愛的教育》、《歌德與悲多汶》、《葛萊齊拉》、
《楚囚》等中譯本。以日軍攻陷後的香港作背景的中篇小說《無盡的
愛》，創作靈感便是來自捷克中篇小說《楚囚》，啟發他塑造了葡萄
牙女子亞莉安娜的形象。[25]《黑麗拉》受到小仲馬《茶花女》的影響，
充滿浪漫但傷感的情調，「我」愛上餐廳女侍應黑麗拉，善良的她肩
負起一家人的擔子，本身患肺病，父親抽白粉，弟弟坐獄，貧病交加。
她為了生活不得不跟男人打交道，但對「我」是真心的，惜不敵病魔
而早逝。

隨著侶倫個人視野與生活圈子的擴大，早期很受讀者歡迎的傷感
作品逐漸減去，他的後期作品走入社會大眾，以底層人物為言說對象，
以寫實的手法記下底層小人物生活的長篇小說《窮巷》及戰火下香港
社會眾生相的中篇小說《殘渣———一個戰時的家景》，堪稱為代表作。
他曾表明題材和風格跟他以前的作品不同，但這是忠於自己的自然發
展表現，著讀者不用驚訝，他有意突破早期那些富傷感又叫人流淚的
作品，為那些「罪過」的作品贖罪。《窮巷》以二戰後的香港為背景，
描述四男一女在廉價租屋共同生活的故事，反映當時香港社會底層人
物的悲喜。「我只是本著平日的創作態度，去表現一些卑微的小人物

的悲喜」，[26] 筆下的小人物有作家高懷、失業漢杜全、收賣佬莫輪、小學教師羅建與飄零無依的白玫，他們在窮困生活中掙扎求存卻又互愛互助；另一方則是包租婆「雌老虎」、旺記婆、王大牛等惡勢力的代表。華嘉盛稱「《窮巷》那樣的作品，才真正是你的作品」。[27] 華嘉指出《窮巷》的人物，已經從高樓大廈裡走出街頭來了。他們再不是一些整天在做夢的青年男女，而是在現實生活壓榨底下的都市的小人物。他讚揚侶倫的筆鋒，已經從男女之間的純愛，轉移到人與人之間的友愛。劉以鬯讚美《窮巷》的出版好像風吹死水，使香港文壇多少起了一些波紋，[28] 也走入香港人的生活。[29]《殘渣》控訴各懷鬼胎的敗類，勾勒抗戰前社會風雨飄搖，跟日本飛機轟炸聲、戰事謠傳聲、留聲機的曲子、爆炸聲等聲響交織在一起。「這裡面的作品都是『吃飯文章』，除了戰時在內地寫成的《殘渣》較有意思之外，沒有甚麼值得吹牛的了」，[30] 足見他有意紀實戰火類的作品，關愛社會大眾的心早已滋長。

四、作家寫作與出版商的從屬關係

　　侶倫出版近二十部小說和散文集（不計未編入單行本的作品及劇本），熟悉出版商的運作和取向，認定「出版人對於他的出版物自有支配的權力」。[31] 作品到了市場無可避免地被商品化，一般人認為文章裡必然有作者，但當時的作品已經步向商品化，故此這種說法也失去現實的意義，只有職業作家才會知道原委，「因為我們在作品裡面所發現的已經不是作者，而是文化商人的面影了」。[32]《窮巷》由原版到新版本面世，輾轉三十年間，出版人因應海外不同地區的需要，分別用《窮巷》與《都市曲》兩個書名發行，也曾由原來的上下卷改

為合訂一冊，甚至只是換上新的書名出版，以上的不同做法反映出版商為了適應時代的變遷而改變出版方針。[33] 時值五十年代戰後，百業待興，長篇小說因頁數多書價自然較貴，文化市場為了遷就一般讀者的購買力，而淘汰了它。短篇小說內容不夠豐富而被讀者捨棄，終也被出版商淘汰，中篇小說由是應運而生。無論頁數或是完整的故事，中篇小說也能迎合讀者的口味。《黑麗拉》戰後在香港出版第三版時，改名為《永久之歌》。他有感於原書名字洋化一些，故改用另一篇小說作題名，因為戰後初期物資短缺，為了減省印刷成本，再版時也刪去兩篇小說。他針對當時的文化市場有所慨歎，中篇小說容易出版單行本，大多數作家只好適應此趨勢，作家在出版商面前屬於被動的狀態。「一個作家，對自己的工作假如除了職業意義以外，還希望保持若干事業本位的尊嚴，便變成了不可能的事」。[34] 他在職業作家之路上，仍能保持個人寫作的清醒及原來的創作面貌，為日後轉投底層創作鋪路。

　　慶幸，「這些年來，在生活的前提下，我所出版了的作品，差不多全是為適應客觀條件（市場）的需要而寫的東西；只有這部《窮巷》是不受任何條件拘束，純粹依循個人的意志寫下來的。我承認這是一部我高興寫的作品」，[35]《窮巷》能在五十年代末合訂為一冊出版殊不容易。侶倫在七十年代末憶述出版《窮巷》的一波三折，小說快將脫稿時，書店負責人找他討論小說「結尾」，怕留下「可怕」的尾巴。另外，書名有個「窮」字也易讓「敏感」症的人產生某種聯想，會影響發行到海外某些地區，《窮巷》便使用兩個書名，另一書名為《都市曲》，因應不同地區分別應用。同時，小說卷首的「序曲」也在出版前被抽起，以絕後患。[36] 其實，「《窮巷》的『窮』只是故事的起

點，更多的是作者傳達正面樂觀的訊息」，[37] 內容宣揚朋友之間的守望相助和關愛，表現人物在痛苦的生活下，仍然滿懷希望，勇於探索未來。更多的是，《窮巷》的「序曲」記下一個時代的側影，「香港，一九四六年春天。……戰爭過去了，但是戰爭把人打老了，也把世界打老了。……隨著米字旗代替了太陽旗重再在歌賦山頂升起，百萬的人口從四方八方面像潮水一樣湧到這裡來，……這裡面有著忍受了八年的辛酸歲月之後，……戰爭嗎？那已經是一場遙遠的噩夢！香港，迅速地復員了繁榮，也迅速地復員了醜惡！……真理在哪裡呢？它是燃燒在黑暗的角落裡，燃燒在不肯失望不肯妥協的人們的心中！」[38] 無疑，它是戰後香港的真實寫照，以底層社會人物為言說對象，表現普遍市民現實生活的一面，憧憬未來。作者希望以作品感染讀者。

至於，香港的文化真實風貌，就是作者與報紙連載的情人關係。侶倫提及自己的寫作態度，就是在報紙上連載小說時，既要考慮題目名稱，且要在內容和寫作手法上顧及全一個法則：每天能讓讀者牽心的趣味。他不大喜歡寫連載小說，就是這個原因。他不是不能每天在刊出的情節上弄一點小技的能耐，而是不願意把一個作品的精神上分裂得支離散漫。他認為「一個『文藝作品』應該是整個地讀的，卻不是片斷地讀的」。[39] 於此，他知道自己的觀點，也深明自己的小說並不適宜作連載性發表。若果要他寫那種連載小說，他也不會不能放棄這種主觀的本質。大抵他仍是忠於自我的寫作。

五、結語

侶倫忠於個人寫作，又試圖突破個人寫作的框框，於是結合現實生活與社會現況，轉投底層創作，寫下如《窮巷》般的小說。本文從

個人寫作與現實生活的矛盾及市場需求的衝突、作者與讀者期望的不平衡、作家寫作與出版商的從屬關係等多方面,探討侶倫從個人寫作到底層創作的轉向,藉此了解上一代香港作家是怎樣在文學路上滋長並以此為職業。在他的前言後記及小說實踐中,能看到香港較早期的作家創作路上的心路歷程,如何伴隨香港新文化一起滋長,標誌著職業作家寫作的一重大轉變,即從中短篇愛情小說轉向長篇社會小說。在向水屋內,他為香港文學留下濃郁幽香的紅茶餘溫,而非一株無名草。

原載《文學評論》2018 年總第 55 期,頁 22-31。

1. 侶倫:〈《彩夢》前記〉,《向水屋筆語》,三聯書店,1985 年,第 231 頁。
2. 侶倫:〈《彩夢》前記〉,《向水屋筆語》,第 235 頁。
3. 《讀者良友》記者:〈作家侶倫暢談小說創作〉,原載《讀者良友》創刊號 1984 年 7 月,載黃仲鳴編著:《侶倫作品評論集》,香港文學評論出版社,2010 年,第 211 頁。
4. 張燕珠:〈早期香港文學的拓荒人──以侶倫為例〉,《文學評論》2017 年 6 月總第 50 期,第 104 頁。
5. 侶倫:〈《無盡的愛》前記〉,《向水屋筆語》,第 233 頁。
6. 侶倫:〈《舊恨》題記〉,《向水屋筆語》,第 248 頁。
7. 侶倫:〈《舊恨》題記〉,《向水屋筆語》,第 248 頁。
8. 侶倫:〈平凡的獨語〉原載《大公報》一九七七年年八月二十四日,溫燦昌:〈侶倫創作年表〉,《八方文藝叢刊》第九輯一九八八年六月,載黃仲鳴編著:《侶倫作品評論集》,第 276-277 頁。
9. 蒙柏:〈《永久之歌》及其作者〉,原載《華僑日報》一九四四年 (剪報缺日期),溫燦昌:〈侶倫創作年表〉《八方文藝叢刊》第九輯一九八八年六月,載黃仲鳴編著:《侶倫作品評論集》,第 276-277 頁。
10. 東瑞:〈侶倫中短篇小說的特色〉,《讀者良友》第八期 1984 年 7 月,載黃仲鳴編著:《侶倫作品評論集》,第 164 頁。
11. 劉以鬯:〈五十年代初期的香港文學──一九八五年四月二十七日在《香港文學研討會》上的發言〉,《暢談香港文學》,獲益出版事業有限公司,2002 年,第 108 頁。
12. 梅子:〈精讀侶倫《向水屋筆語》〉,《香港文學識小》,香江出版有限公司,1996 年,第 8 頁。
13. 侶倫:〈《窮巷》後記〉,《向水屋筆語》,第 237 頁。
14. 侶倫:〈《彩夢》前記〉,《向水屋筆語》,第 235 頁。
15. 侶倫:〈《秋夢》題記〉,《向水屋筆語》,第 247 頁。
16. 侶倫:〈《寒士之秋》前記〉,《向水屋筆語》,第 243 頁。
17. 侶倫:〈題記〉,《阿美的奇遇──侶倫短篇小說選》,友誼出版公司,1984 年,頁碼從缺。

18.侶倫：〈《舊恨》題記〉，《向水屋筆語》，第 245 頁。

19.侶倫：〈寫在《窮巷》新版本前面〉，《窮巷》，第 1 頁。

20.侶倫：〈關於我的書——《侶倫小說散文集》前記〉，《向水屋筆語》，第 240 頁。

21.侶倫：〈題記〉，《阿美的奇遇——侶倫短篇小說選》，頁碼從缺。

22.侶倫：〈《舊恨》題記〉，《向水屋筆語》，第 248 頁。

23.侶倫：〈《戀曲二重奏》扉語〉，《向水屋筆語》，三第 249 頁。

24.《讀者良友》記者：〈作家侶倫暢談小說創作〉，原載《讀者良友》創刊號 1984 年 7 月，載黃仲鳴編著：《侶倫作品評論集》，第 213 頁。

25.侶倫：〈關於《無盡的愛》——代序〉，《無盡的愛》，新城文化服務有限公司，1984 年，頁碼從缺。

26.侶倫：〈初版後記〉，《窮巷》，三聯書店，1987 年，第 263 頁。

27.華嘉：〈冬夜書簡〉，原載《文匯報》一九四八年十二月，溫燦昌：〈侶倫創作年表〉，原載《八方文藝叢刊》第九輯一九八八年六月，載黃仲鳴編著：《侶倫作品評論集》，第 277 頁。

28.劉以鬯：〈五十年代初期的香港文學——一九八五年四月二十七日在《香港文學研討會》上的發言〉，《暢談香港文學》，第 108 頁。

29.一九六〇年，香港電台、澳門綠邨電台分別將《窮巷》改編成故事劇廣播；一九七三年，香港麗的電台將《窮巷》改編成電視劇。溫燦昌：〈侶倫創作年表〉，原載《八方文藝叢刊》第九輯一九八八年六月，載黃仲鳴編著：《侶倫作品評論集》，第 284-285 頁。

30.見侶倫在友人所藏《殘渣》一書的題字。侶倫：《殘渣》題字，一九八三年四月。溫燦昌：〈侶倫創作年表〉，原載《八方文藝叢刊》第九輯一九八八年六月，載黃仲鳴編著：《侶倫作品評論集》，第 279-280 頁。

31.侶倫：〈關於我的書——《侶倫小說散文集》前記〉，《向水屋筆語》，第 239 頁。

32.侶倫：〈《寒士之秋》前記〉，《向水屋筆語》，第 243 頁。

33.侶倫：〈寫在《窮巷》新版本前面〉，《窮巷》，第 1 頁。

34.侶倫：〈《寒士之秋》前記〉，《向水屋筆語》，第 244 頁。

35.侶倫：〈合訂本題記〉，《窮巷》，第 4 頁。

36.侶倫：〈說說《窮巷》〉，《向水屋筆語》，第 222-223 頁。

37.張燕珠：〈早期香港文學的拓荒人——以侶倫為例〉，《文學評論》，第 105 頁。

38.侶倫：〈序曲〉，《窮巷》，第 1-2 頁。

39.侶倫：〈《佳期》題記〉，溫燦昌：〈侶倫創作年表〉，原載《八方文藝叢刊》第九輯，一九八八年六月，載黃仲鳴編著：《侶倫作品評論集》，第 281 頁。

紅茶般濃郁幽香的《侶倫卷》

　　侶倫獲視為「香港文學的拓荒人」、[1]「香港新文學史上第一批小說家」、[2]「一部活生生的香港小說史、文學史」[3]等，而他則認為自己是生活在香港的文藝工作者，「香港長期以來被人稱為『文化沙漠』，我便是在這塊『沙漠』上摸索著走了一條長路的人」，[4]無論是研究者的看法或是侶倫自己的剖白，也顯示他與香港文學及文壇息息相關，也是能寫上史冊的一員。據許定銘統計，不計未編入單行本的作品及劇本，他曾出版近二十部小說和散文集，[5]數量可觀，大抵與他活躍於香港文壇六十年有關。

一、《侶倫卷》概述

　　許定銘編《侶倫卷》輯選侶倫的小說、散文與新詩三部分，並導讀此卷，說明編選方針及書中思想內容與寫作特色。小說、散文與新詩的功能不同。散文能夠便於作者跟讀者分享關於文化的、大自然的、美感的經歷；小說是作者想通過小世界來表達人與人之間的故事，融入一些個人強烈的感覺；新詩是作者想捕捉自己強烈的情緒、感覺、挖掘自己內心的深層。[6]一書能夠編選小說、散文與新詩三方面，有助讀者全面認識作者整體的創作與精神面貌。因篇幅所限，許氏未能收錄「香港文學走向成熟的標誌」的長篇小說《窮巷》，也因只能容納一篇中篇小說，對最負盛名的〈黑麗拉〉、〈永久之歌〉和〈無盡

的愛〉三篇愛情小説，也只好割愛，選取了他認為寫得最好的〈殘渣——一個戰時的家景〉，解釋坊間較少能見之，故把它重現人間，並轉述作者在書的〈代序〉談寫作動機。其他的有書信體的〈以麗沙白〉、善寫都市男女攻防心理的〈伏爾加船夫〉、作者有意重寫的〈狹窄的都市——致高貴女人們〉等短篇小説，共十二篇小説中的精品。散文和新詩部分也見作者真情流露，敘事性強，散文有〈向水屋〉、〈紅茶〉、〈無名草〉等生活偶發，記載淪陷時期的恐慌如〈難忘的記憶〉、〈孤城的末夜〉、〈淪陷〉等，還有談及香港文壇現象如〈香港新文化滋長期瑣憶〉，共二十篇。最後是詩選，雖然作者於 1926 年以新詩《睡獅集》初涉文壇，但因他自謙不會寫詩，故其創作的新詩數量不多，此卷只收錄六首，當中叫他難忘的是〈流亡的除夕〉，記錄自己戰時的情景和心境。[7]

二、言情類擅寫心理

全卷大致可分為言情、都市與戰火三類。言情類，作者善於刻劃人物心理，如小説〈伏爾加船夫〉，圍繞電影《伏爾加船夫》展開「他」多次企圖從婚外情尋找刺激的經過，大量刻劃「他」如何盤算攻陷芳心的計劃、如何避開妻子的目光和追問、如何遐想偷情的歡愉等複雜心理，精準拿捏男子欲出軌又怕敗露的矛盾心情。他的妻子無意間發現丈夫意圖出軌，由酸痛憤恨到刻意製造機會的轉折心態，寫來絲絲入扣。妻子故意外出，騰出空間給「他」和他們的朋友綺芬獨處，鋪排有驚喜。作者進一步描繪綺芬欲拒還迎的真情假意，又是語言挑逗又是眉目含春。妻子在關鍵時刻現身，最後帶他去看《伏爾加船夫》，揭穿綺芬在另一男子懷中，是愛玩弄感情的女子。一個機巧的妻子成

功挽回婚姻，一個矯情的情人左右逢源，形成強烈的對比。小説的成功與否實有賴於人物心理描寫，如魯迅《阿Q正傳》，直接將阿Q的精神勝利法活現。另外，以書信體形式寫的〈以麗沙白〉使人聯想到德國歌德《少年維持的煩惱》。〈以〉實現「我」作為主人公，講自己和收信人絲天（即英文名「以麗沙白」）由愛生恨的故事，塑造自己不甘被拋棄的形象，高調宣示「我」與新歡綠茵如何要好。小説寫人敘事都是以「我」為視角，讀者感受「我」的種種遭遇，至於寫信對象的一切，則留下空白處，讓讀者根據自己的性情與經歷自行聯想，是二、三十年代的創新體。

三、都市類貼近生活

　　都市類方面，小説中的作者善於鋪敘寫實，如〈狹窄的都市——致高貴女人們〉，是由搭巴士、上餐廳、開窗、聽電話等日常生活場景中所出現的巧合而尷尬的故事組成，控訴都市的壓逼感。潘錦麟指出這篇小説能夠寫出都市人的隔膜、陌生的情況[8]。作者銘記高爾基説「寫你所熟悉的」一句話，表明自己身處華洋共處的社會，會寫自己生活範圍內所能接觸到的事物[9]。作家常以自己生活的都市為題材，可能早見於宋代的市人小説，著名的有孟元老《東京夢華錄》，記載宋徽宗年間開封城的風貌，諸如東京城池、河道、宮闕、衙署、寺觀、橋巷、瓦市、諸街夜市等原貌，反映當時商業、文化、交通和市貌等發達情況。這類作品的特點是作者取材自身邊的事物，圍繞生活都市的見聞，故鋪敘時較為逼真。再者，〈狹〉運用大量呼告式手法，在〈在巴士上〉開首，作者直呼「我們生活著的這個都市真是太狹窄了；説的誇張些，狹窄得幾乎叫人轉動不了身子」、[10]「到處是人潮，人浪，

人堆，人……我們每天彷彿就為著擠而生活」等句子，[11] 叫讀者屏息不已，頓首認同作者的看法，欲急於追看下去。呼告就是不管是人、是事或物，都當作是已出現在面前的人，向他發出呼叫或傾訴等語氣，產生不吐不快的激動效果。

散文中則顯現作者的生活點滴和偶想，以詩一樣的語言道出自己搬家情懷的〈向水屋〉，「時光像是癡情的愛侶，在淒切的惜別情緒中，怕見愛人的眼淚，覷著對手還在夢裡微笑著，便躡手躡足的走了」[12]、「風雨時，那薄霧籠罩的遠山。天晴時，一碧澄朗底無私的景物……」等句子，[13] 讀來如沐春風。〈無雙之篇——呈獻無雙之人〉全文更是以詩般的句式和結構鋪排，詞藻華美，如開首的句子「是孩子睡眼裡的天堂，是醒著的夢，詩一般的九月」。[14] 新詩〈九月的夢〉與之呼應，運用相同的句子，相互交錯和滲透。讀者如果一併閱讀它們，或者會另有體悟。作者為甚麼以新詩涉足文壇卻又說不會寫詩呢？錢鍾書曾論及詩與時文的關係，時文指應考科舉所用的八股文，由袁枚與程晉芳對時文的議論談起，說明作詩無論敘事或抒情也有章法、句法等問題，發出「今之工時文而不能詩者何故」之思。[15] 當然，作者的散文不是時文，但我們不妨以此作參考，或許說明作者以新詩冒起卻又不如散文般多產量，但他又不忘詩歌，故在寫作時融化詩句入文，形成獨特的詩散文的藝術風格。至於，〈紅茶〉一文，作者真誠地道出自己與紅茶的不解緣，個人形象躍現紙上，如愛好紅茶、在咖啡店與志趣相同的文人往來、到外籍家庭當教師、帶小說上巴士等，讓讀者留下深刻的印象。此印象不是五四時期如朱自清所談論的書生酸氣，那種失意的形象，[16] 而是如盧瑋鑾所言的過著閒適生活的作家，自己傾向的一種生活情調。[17]

四、戰火類重繪戰痕

　　戰火類，作者運用大量的聽覺描寫和擬聲詞，如〈輝輝〉借小孩輝輝的耳朵，道出戰火的可怕，戰後的輝輝凡聽到「乒乒」聲，總會聯想到戰火中的炮火聲，夾雜著慘叫聲、哭聲、關門聲、腳步聲、吆喝聲等一連串嗶嗶啪啪聲。其實，眼下是新年的炮竹聲，但他想得太多而沒法入睡，飽受煎熬。此文是以時空跳接方式，把過去、現在與現在、過去糅合，展現不同空間的兩種「乒乒」，強烈帶出戰爭與和平的對比效果。[18]〈殘渣───一個戰時的家景〉的日本飛機轟炸聲、戰事謠傳聲、留聲機的曲子、爆炸聲、「轟隆」、「皇皇」、「砰砰」……從中控訴各懷鬼胎的敗類，勾勒抗戰前的社會側影。這類作品是以小見大的手法，道盡戰火給時人沒不磨滅的傷痛。同樣的傷記也見於散文，如忘不掉空襲的爆炸聲（見〈難忘的記憶〉）、燒毀珍藏多年的書信和日記的悲痛（見〈火與淚〉）、叫喊口號聲不絕於耳的戰慄（見〈孤城的未夜〉）、一夜搶掠後的死寂市貌（見〈淪陷〉）等，憶述香港淪陷時期戰火愁霧的慘況，繪形繪聲。新詩〈流亡的除夕〉也以雨聲、病妻呻吟聲、遠近的爆竹聲等聽覺效果，交織異地新年的淒酸與本地新年的歡樂，對比鮮明。

五、結語

　　《侶倫卷》去取恰好，讀者掀開書頁，如作者提起杯中紅茶般，「濃郁的幽香輕輕騰上了鼻官」，[19]曾為香港文學留下「金芒」[20]的侶倫悠然浮現。

原載《文學評論》2016 年總第 44 期，頁 107-110。

1. 羅孚:〈侶倫:香港文壇拓荒人〉,載黃仲鳴編著:《侶倫作品評論集》,香港文學評論出版社,2010年,第3頁。
2. 許定銘:〈侶倫的第一本書《紅茶》〉,載黃仲鳴編著:《侶倫作品評論集》,第98頁。
3. 袁良駿:〈侶倫小說論〉,載黃仲鳴編著:《侶倫作品評論集》,第115頁。
4. 侶倫:〈題記〉,《阿美的奇遇——一侶倫短篇小說選》,友誼出版公司,1984年。
5. 許定銘:〈導讀:侶倫的文學創作〉,《侶倫卷》,天地圖書有限公司,2015年,第9頁。
6. 鍾玲:〈自序〉,《霧在登山》,匯智出版有限公司,2010年,第3頁。
7. 許定銘:〈導讀:侶倫的文學創作〉,《侶倫卷》,第9-30頁。
8. 潘錦麟:〈侶倫與香港文學〉,載黃仲鳴編著:《侶倫作品評論集》,第151頁。
9. 侶倫:〈題記〉,《阿美的奇遇——一侶倫短篇小說選》。
10. 侶倫:〈狹窄的都市——致高貴女人們〉,載許定銘編:《侶倫卷》,第243頁。
11. 侶倫:〈狹窄的都市——致高貴女人們〉,載許定銘編:《侶倫卷》,第243頁。
12. 侶倫:〈向水屋〉,載許定銘編:《侶倫卷》,第268頁。
13. 侶倫:〈向水屋〉,載許定銘編:《侶倫卷》,第270頁。
14. 侶倫:〈無雙之篇——呈獻無雙之人〉,載許定銘編:《侶倫卷》,第297頁。
15. 錢鍾書總結清人汪琬和程晉芳二家之說,認為詩學側重於修辭學。假若工於五七言詩而條理不貫通,是只知修辭學的句法,而不解其中的章法。錢鍾書:《談藝錄》,三聯書店,2010年,第596頁。
16. 朱自清從「寒酸」、「窮酸」源起與文人的故事,分析似乎酸氣老是聚在失意書生身上的原因。朱自清:〈論書生的酸氣〉,《朱自清古典文學論文集》,上海古籍出版社,2009年,第163-170頁。
17. 盧瑋鑾認為侶倫很早就成為城市裡的文化人,過著清閒的日子,跟志同道合的文藝友人交往,將大半時間消磨在咖啡室等活動場所。盧瑋鑾:〈侶倫早期小說初探〉,載黃仲鳴編著:《侶倫作品評論集》,第70頁。
18. 許定銘:〈導讀:侶倫的文學創作〉,《侶倫卷》,第19頁。
19. 侶倫:〈紅茶〉,載許定銘編:《侶倫卷》,第280頁。
20. 原句為「紅茶,這生活的味精,牽住我過去生命的金芒:像脈絡似地,交織著我青春的華夢。」侶倫:〈紅茶〉,載許定銘編:《侶倫卷》,第282頁。

輯三：
現代城市的生活觀察
——舒巷城作品

從語篇分析看舒巷城專欄
散文的文化語境

　　舒巷城是一代香港著名作家，長期在報紙副刊專欄發表散文，活躍於上世紀六十至九十年代，他筆下的城市面貌題材廣泛又具生活化。本文試圖從語篇分析角度評析舒巷城散文的文化語境，藉助韓禮德（M.A.K, Halliday）三大元功能建構其散文的基本特徵與社會文化價值。

一、散文中的文化語境

　　文化語境，是語篇在特定的社會、文化中所表達的所有意義。[1] 所有意義是指概念意義、人際意義和語篇意義，即交際目的、形式、內容等不同的層次。從廣義上看，在特定的文化中，所有意義的表達，都可以説是文化語境的一種。舒巷城在報紙副刊上撰寫專欄，是上世紀特定的香港社會文化的體現。自 1988 年起，舒巷城應《香港商報》時任總編輯張初（筆名「金依」）之邀，以筆名「尤加多」在副刊寫《無拘界》及《水泥邊》專欄，歷時約三年，共發表 780 篇文章。

　　上世紀香港報紙業蓬勃發達，副刊的風格往往反映報紙的格調和質素，而較知名的作家也往往成為邀請撰文的對象，舒巷城便是當中的佼佼者。由於副刊的版面有限，總編輯對專欄的字數要求就有一定的限制，一般是五百字。因應一個作家有一個專欄，更是要每天見刊，

於是，體裁比較自由的隨筆、散文一類的文稿，自然能夠適應此一特定專欄文化的需要。梁羽生認為《無拘界》專欄很特別，內容也見特色。「每篇不到五百字，但在這個小框框內，題材卻是非常廣泛。新詩、舊詩，話劇大戲，西樂中樂，打波唱曲，紅樓水滸，李白杜甫，莎氏樂府，進而至耳聞的巷議街談，目睹的社會怪狀⋯⋯幾乎無所不包，而且談自己也談別人，破了舒巷城的禁忌。龔定庵詩：『不拘一格降人材』，《無拘界》則是『不拘一格找題材』」。[2] 舒巷城能夠在特定的副刊專欄文化語境中，以隨筆、散文為語篇體裁，表達所有意義，展示文人的風采。

文化語境是位於語篇以外的層次，屬於非語言的層次，故此要由語篇這個語言層次創造。兩者的關係可以理解為上下義的關係。文化語境是上義，語篇是下義。由此推論，報紙與副刊、副刊與作家、專欄與作家，都是以上下義關係作為補充説明。《香港商報》、副刊和張初，就是促成舒巷城成為專欄作家的推手，而舒巷城就以《無拘界》及《水泥邊》專欄作為發表媒介，用它與讀者交流、組織文章、表達思想、抒發情感等多重功能。

二、散文中的三大元功能

韓禮德認為語言的性質決定人們對語言的要求，即語言所要完成的功能。[3] 韓禮德的思想核心是提出三大元功能（meta-function），包括概念元功能（ideational metafunction）、人際元功能（interpersonal metafunction）和語篇功能（textual metafunction）。以此觀照舒巷城的散文，比較能聚焦於當時的社會環境、作家思想、文化特點等。可以説，舒巷城的散文是香港報紙副刊文化過程的產品。

概念元功能，即語言是對存在於主客觀世界的事物和過程的反映，是語言系統中表達「內容」的部分。當中包含經驗功能和邏輯功能，以此建立說寫人對客觀世界和內心世界的經驗、看法等。[4]《水泥邊》專欄開闢的第一天，舒巷城的第一篇文章交代《水泥邊》專欄名稱的由來。他想到「在水邊」，跟自己原名（王深泉）有「水」為伴不提，重要的是自己「生在海邊，長在海邊，好像命定似的與水有緣」。他憶述自己在西灣河、筲箕灣、鯉魚門一帶居住過，在抗戰時漂泊於內地山區與雲貴高原上，鯉魚門海峽也常在他的夢中，及後回港與家人團聚，即在中環、灣仔、尖沙咀沿海一帶工作過，都是與「水」相連。顯然，這個描述是一個經驗功能。作者以專欄比較直接地表現與人的經驗關係，包括在客觀世界中的經驗，也從自己的認知過程中反映客觀事物，呈現自己的內心世界，緬懷曾經生活在與「水」相關的日子。至於邏輯功能方面，則涉及抽象的邏輯關係，與人的關係或經驗沒有直接的連繫。以《無拘界》專欄為例，作者曾對「無拘」的內容作出這樣的概括，「生活感受，詠物抒懷，旅行雜寫，讀書體驗，談曲說藝，涉及詩詞，甚而上天下地，人間趣事，連寓言式世情等等，都可以任我執筆或零碎地『記』之……」。[5]這是一個抽象的文學思想，包容物質與精神生活層面，是作者生活的一部分。他以文人的世界觀與價值觀出發，突破一貫報紙專欄通俗的題材及流俗的形式，轉化為以雅顯俗及以俗推雅的深層次思想。

　　人際元功能，即語言是社會中人與人之間有意義的活動和做事的手段，必然反映人與人之間的關係，建立或保持與別人的關係，表達說寫人的態度。[6]舒巷城筆下上世紀香港的文化現象與居民特質，正好說明此一功能。他以作家與居民作為聯繫社會群眾的手段，又以

自己的觀察角度與樸實無華的風格與別人建立聯繫，是社會功能的體現。作者以實寫的方式，把茶樓、茶餐廳、大排檔、冰室、快餐店、咖啡店等大眾生活場所，引入專欄，成為文章的主軸線，描繪香港城市的形象和特質。順理成章，這些場所自然成為他的散文的場景，香港人一般的生活文化就是他筆下的情節，再現地道食肆的獨特魅力。因為香港地小人多，茶樓中，「搭枱」是常見的現象。無論是早茶或午茶，茶樓總是座無虛設。中上環一帶的茶樓也可以聽粵曲，客人買票、拿曲目紙、開盅茶，就可以消磨一個晚上。茶餐廳中，食客愛抽煙、喝咖啡、喝茶，更愛吃專賣的炒粉麵，與友人閒談聊天，一坐就是大半天。大排檔的魚蛋粉、牛腩麵、牛雜粥等地道風味美食，帶出光顧客人的千奇百怪心態：冒險家獵奇的心理、落難王孫不自在的態度、領袖走近群眾的高傲及街坊與人談笑風生的自然，都是一幕幕市民生活的片斷，也是香港社會文化的寫照。大眾化咖啡店成為聯誼、談天或閱報的好地方。西式、中式和半中半西式的快餐店、超級市場也隨著香港急速的生活節奏應運而生。還有，報紙檔、流動熟食、理髮檔、「麵粉公仔」檔等攤子，隨處可以找到市民的剪影。無論身在何地，作者都是以作家這個「觀察者」的身分重新認識香港社會文化，又以市民這個「參與者」的身分流露對大眾的關懷、對粵式飲食文化的熱愛、對咖啡的鍾愛等。

綜上所述，舒巷城的生活經驗就是香港部分市民的生活經驗，大家有著共同的生活方式和飲食習慣。茶樓、茶餐廳、大排檔等食肆，是香港社會主要公眾餐飲場所，傳遞社會文化語境，體現香港大眾的飲食習慣和生活文化，形成文化符號或意識形態。而在這類生活場所中，作者通過飲食這個日常生活的活動與別人建立關係、聯誼或啟發

創作靈感，從他與友人的書信往來中可見一斑。他給伍國才的回信，說道：「至於其他『細節』（賣個關子），則有待於他日的『茶』敘了」、[7]「星期六那天，啡店吃『晚粉』後回家，竟又填了一首新詞」、[8]「昨夜餐室暢談錢氏詩及其他，歸來執筆，得詩三首，二絕，一律，意外快事也」等，[9]二人經常在食店分享或交流創作經驗，以詩詞會友和唱和，留下大量的詩詞作品。

　　語篇元功能，即上述兩種功能最後要由語言使用者把它們組織成語篇才能實現。[10]換言之，說寫人用語言來組織語句和話語，連接個體的意念。一般上，作家都是以文章表達思想感情、態度或看法。從專欄所表現的內容來看，在詞語的選用上，舒巷城大量使用常用詞、口語詞等，而少用華麗的辭藻，不事雕琢，力求自然易懂，平易近人，以符合專欄讀者的口味。熟語如「你講嘢呀？」、粵語貶詞如「白鼻哥」、地方色彩詞如「經已」等，無不是文章的主題。在句式的選用上，常用陳述句、短句等，而少用結構複雜的長句。在修辭方式的選用上，多用白描手法，少用辭格。這點可以說是他自己文學思想的實踐。他給伍國才的信，曾討論過文章樸實中見韻味的看法，「有些人初期心有所觸而筆墨感人，到後來稍有所謂名氣，便失去了『赤子之心』或某種可貴的氣質如純真等等。相對地說，作品多了『人工』氣，便缺少了自然之韻味了。」[11]他是一個以自然純樸為原則的人。那次回信中，他特地影印了他的〈曼谷行〉給對方參考。該文也是專欄稿之一，可見他珍視自己的作品之餘，也不忘與別人分享創作心得。而他心目中對短文自然有一個看法，「寥寥數百字，而寫的，要說的，已經不少，景、事、情，都有了」，[12]言簡而盡意，便無所求。

　　正因如此，舒巷城的散文展現樸實無華的風格，語言平白如話，

語出自然，有一種清新樸實的藝術魅力。由於這種散文的風格，更好地展示他對香港這座城市的態度和看法，以平實的語言作為銜接點，連接城市、社會、生活、文學、文化等概念。在這座熟悉的城市裡，呈現人的生活方式及文人的交往方式，由始至終，他的散文總是離不開人和生活，從多角度展現城市、人和生活的互動關係，也反映城市的文化內涵。顯然而見，作者是一個樸實無華的作家，甚至是熱愛香港樸實無華的一面。他筆下的城市書寫隱然喚起讀者對這座城市文化的嚮往，提升專欄散文至另一種境界。可以說，他是一個喝著咖啡、吃點心的香港本土作家，一直恪守著不變的生活方式和人生態度。作者曾走訪過數座城市，進入當地的街道、商店和食肆，似乎得出一個結論，「城市──我這兒該說都市──越大，人越多，人情味就越薄，越淡，越冷了。所謂都市，這兒指的是西方現代化，擁有許多『文明』的地方」。[13]這是他眼中的城市文化。但筲箕灣的月色仍然是他心中的香港一景，這點與他在筲箕灣、西灣河長大有關，尤其是鯉魚門海峽的月亮緩緩升起的景象，始終如一。香港就是他的家，社會文化就是他的文，大眾生活場景就是他的筆。

三、結語

　　以語篇分析審視舒巷城的散文，我們能夠建構其散文的基本特徵和社會文化價值，由此反映上世紀香港報紙副刊專欄的社會功能，是通往社會、生活、文人與文化的門戶。作為語篇分析的理論指導，韓禮德系統功能語言學還有待更多的語篇分析者去應用，本文嘗試以其三大元功能與散文結合，討論香港與專欄的文化語境，就是一次語言學與文學的結合或開拓，期待著有更多分析者在跨學科、跨範疇、跨

界別等的探索。

原載《香港文學》2018 年總第 398 期，頁 73-75。

1. 黃國文：〈功能語篇分析面面觀〉，《國外外語教學》2002 年第 4 期，第 27 頁。
2. 梁羽生：〈無拘界處覓詩魂──悼舒巷城〉，載思然編：《舒巷城紀念集》，花千樹出版有限公司，2009 年，第 11-12 頁。
3. 胡壯麟：〈韓禮德語言學的六個核心思想〉，《外語教學與研究》1990 年第 1 期（總第 81 期），第 3 頁。
4. 胡壯麟：〈韓禮德語言學的六個核心思想〉，《外語教學與研究》，第 3-4 頁。
5. 舒巷城：《無拘界·出版說明》，花千樹出版有限公司，2010 年，第 iv 頁。
6. 胡壯麟：〈韓禮德語言學的六個核心思想〉，《外語教學與研究》，第 4 頁。
7. 馬輝洪編：《舒巷城書信集》，花千樹出版有公司，2016 年，第 49 頁。
8. 馬輝洪編：《舒巷城書信集》，第 38 頁。
9. 馬輝洪編：《舒巷城書信集》，第 69 頁。
10. 胡壯麟：〈韓禮德語言學的六個核心思想〉，《外語教學與研究》，第 4 頁。
11. 馬輝洪編：《舒巷城書信集》，第 32 頁。
12. 馬輝洪編：《舒巷城書信集》，第 67 頁。
13. 舒巷城：《小點集》，花千樹出版有限公司，2008 年，第 44 頁。

舒巷城專欄散文的時代意義

　　舒巷城是少數能詩、能詞、能文、能畫、能翻譯、能唱粵曲的香港著名作家，宜古宜今，對古典詩詞、古文、古典小說情節等過目不忘，背誦如流。歷來研究他的作品，都是關注長篇小說《太陽下山了》的藝術成就，如香港文學的本土性、[1] 五六十年代的香港、[2] 成長主題、[3] 抒情意識等。[4] 其實，在寫作生涯中，他約有二十年時間投放在專欄散文裡，署名秦西寧、尤加多、方維、王思暢、阿寧等，在《香港商報》、《新晚報》、《天方夜譚》等專欄發表文章，其後結集成書，推出《夜闌瑣記》、《燈下拾零》、《小點集》、《無拘界》、《水泥邊》等專欄散文選系列。舒巷城在報紙副刊專欄上的「框框」文字，反映一代香港作家的散文特色，能夠比較清楚地展現專欄作家的創作精神面貌，在通俗的題材、流俗的形式與文人的風雅中取得平衡。本文以此建構他筆下上世紀六十至九十年代的香港面貌，從中窺探專欄散文與城市文學的關係。

一、城市文學的現實意義

　　歷來研究城市文學多以小說為文本對象，例如從城市文化角度看城市文學、[5] 重建城市文學的定義和出路、[6] 從建築角度探討城市文學，[7] 等等。一般較少以專欄散文作為文本分析對象，從作者身分的角度出發，探討城市文學的文化價值與現實意義。至今，對城市文學

的定義仍沒有共識。廣義上，是指書寫城市上的人、事、生活、風味和意識的文學作品。[8]狹義上，是體現城市的文化性格及其居民的特質。[9]我們認為散文比較適合展現城市文學，一方面是作家通過文字建構城市生活經驗，一方面是作家以城市生活為寫作題材。而專欄散文與城市文學相互顯現一座城市的面貌，作家以居住者、觀察者、描繪者等多重身分的思考，呈現其自身對當下生活的體驗，反映一座城市的存在方式及人民的生活方式，具時代人文精神。韋恩・布斯 (Wayne C. Booth, 1921-2005) 在《小說修辭學》 (The Rhetoric of Fiction, 1961) 中，提出「隱含作者」(implied author) 的核心概念，即作者的「第二自我」(second self)（或稱「替身」）「引領著讀者對作品的理解和反應」。[10]我們藉此說明城市文學的現實意義，理解為生活是「隱含作者」，由它再現城市的原有價值與現實意義，同樣是考量作家的觀察點、敏感度、取捨角度、訊息來源、處理訊息等，展現城市的時代風貌與生活氣息。

我們從舒巷城的文字觀照城市與文學的關係。「在香港這樣的『大』都市裡，所謂家，也不過是一個狹窄的居處而已。其實，這已不是個人的問題了：『上屋搬下屋』，不，大屋搬小屋，你能不扔掉一些甚麼，如同扔掉一些垃圾嗎？而在零星雜物之中，竟找到了一些以為早已失去了的東西——可以說是拾回來的了。」[11]彈丸之地的香港，人們需要捨棄物品才可以釋放活動空間，與香港文學一樣，作家需要注入時代氣息才能夠比較容易表現其作為地域性文學的活力。散文的特點是形散神聚，尤其是對於專欄的「框框」文字來說，更加需要作家在日常瑣碎的生活裡，拾回一些讀者失去了的東西。或者說，這些東西是細緻的觀察與生活的感悟，諸如作者筆下春末夏初的杜鵑

啼叫等，展現城市特質與文學文化的互動關係，帶出人們當下的感受與思索，成為具時代意識的產物。

二、舒巷城筆下的香港文化特色

舒巷城的專欄散文題材廣泛，舉凡謀生、交際、旅行見聞、詠物抒懷、讀書體驗，談曲說藝、寫作、娛樂、回顧自省、展望憶發等等，無不順手拈來，配合報紙專欄的讀者群，廣泛表達生活感受，又能夠表現作者多樣化的興趣。他的觀察尤其細膩，淋漓盡致地發揮一些看似平淡無奇的題材，體現一代香港作家的無限思海，活脫脫是一座又一座城市的印記。對一個居住者而言，他在香港生活，自然熟悉自己所居住的城市，故從狹義上看他筆下的香港，即這座城市的文明與居民的性情。

他筆下的上世紀香港的文化現象與居民特質，充滿著香港道地人文風味。在香港，他是一名居民，以自己獨特的觀察點走入群眾，描繪香港城市的形象與特質。順理成章，茶樓、茶餐廳、大排檔、冰室、快餐店、咖啡店等大眾聚腳的場所，成為他的專欄散文的場景，反映香港人一般的生活文化，再現地道食肆的獨特魅力。因為香港地小人多，在茶樓「搭枱」是常見的現象，衍生陌生茶客的怪異行為、爭執、話題等，表現與陌生人同枱吃飯的光怪陸離，但香港人早已習以為常。無論是早茶或午茶，茶樓總是座無虛設。中上環一帶的茶樓也可以聽粵曲，客人買票、拿曲目紙、開盅茶，就可以消磨一個晚上。在茶餐廳裡，食客愛抽煙、喝咖啡、喝茶，更愛吃專賣的炒粉炒麵，與友人閒談聊天，一坐就是大半天。大排檔的魚蛋粉、牛腩麵、牛雜粥等道道地地的美食，帶出光顧客人的心態：以冒險家身分表現出好奇心、

以落難王孫身分表現不自在的態度、以領袖身分來接近群眾及以街坊身分來與人談笑風生。這是部分市民生活的一部分，也是香港社會的縮影。大眾化咖啡店成為聯誼、談天或閱報的好地方。西式、中式和半中半西式的快餐店、超級市場緊貼著香港急速的生活節奏而大行其道。還有，報紙檔、流動熟食、理髮檔、「麵粉公仔」檔等攤子，隨處可以找到小市民的身影。綜上所述，他的城市印記反映香港市民的生活方式和飲食習慣。食肆作為公眾聚會或集結的主要場所，顯示茶樓、茶餐廳、大排檔等食店，已經主導香港大眾的飲食或生活，久而久之，形成一種文化或意識形態，與香港市民的生活不可分割，能夠表現香港人的共同生活規律或文化。

香港是彈丸之地，專欄散文中不乏反映住屋的問題。六十年代的帆布床、板間房、碌架床、冷巷……盡現狹窄都市的擁擠居住環境，但市民仍然能夠自得其樂，在有限的空間上放一部收音機，各自播放自己喜歡的節目，粵曲、廣播劇、廣告歌等，成為下層人物的居住交響曲。七十年代租住房屋租金日愈上漲，由五百餘呎月租三百五十元，到四百餘呎月租五百二十元，到後來原單位索價七百元，最後淪為三百元只可租到一百呎的單位，租金上調的幅度快得駭人。「香港一度——尤其在我童年時——是一個多騎樓（『露台』的俗稱）的城市。然而，當許多四五層高的樓宇拆建為高樓大廈住更多的人、收更貴的租金後，騎樓是越來越少了」。[12] 作為土生土長的香港人，他自然深刻體會到居住環境和房屋問題，時刻挑戰人的生存空間，也明白到人的生存和生活方式，與城市的居住環境的唇齒關係。在房屋租金高企的香港，人別無選擇，只好服從市場，越住越小，帶出一代又一代人在香港生存的狀態。文明城市的迅速發展和急劇變化，除了給市民帶

來生活上的衝擊外，也意味著舊有的特色、風景或古蹟會逐步隱退，歷史文化往往在城市發展中沉澱下去。例如：港島灣仔金鐘道一帶，軍營、海軍船塢、金鐘兵房等，早已成為歷史陳蹟，在八十年代已經不可復見了。但不變的是，每年三月的春霧、紅彤彤的木棉花、街頭難得一見的綠林、偶爾在車海中響起的蟬聲等。他對香港這座城市的長期觀察，往往能夠發現一般人所忽略的東西，日漸養成對自身居住城市的細膩感悟，把我們日常生活的城市景觀融入文字之中，再現我們的生活環境，不自覺流露隨著時間推移的新舊變化，尤其在食住行娛樂等方面表現最為突出。更重要的是，他的文字表現一代香港作家的思想品質：親切、熱愛、宏大。

當時一般市民的娛樂有限，含有賭博成分的字花深受市民歡迎，反映當時「人無橫財則不富」的心態。筲箕灣露天「神」劇「迷八仙」的中秋節「玩藝」。據說，在空地上擺上香案、果品、椅子、草蓆、大鼓等。月圓時，「迷」仙人打起大鼓聚集看熱鬧的人，觀眾中有像中了「邪」一樣，躺在草蓆上陷入半睡眠或半昏迷的狀態，「迷」仙人扶起他到椅子上問他是哪路仙家，他接著拿出棍棒、石頭、刀槍之類耍起「武藝」來。說穿了，不過是街頭賣藝、賣武，但作者卻描繪得繪聲繪影。可以說，這是大竹棚裡神功戲的前身，是他居住地筲箕灣一年一度搭棚神功戲的精彩活動，也是他的童年回憶。戰前香港的街頭、空地或海旁新填地等沙地上，偶爾有街頭賣武、賣跌打藥等表演。灣仔一帶，白天「金魚缸」裡的股票行情起跌無常，路邊的春聯檔也要與時並進，寫上「狗馬亨通」、「股票萬利」等，投馬迷和股民所好。在霓虹燈下，夜總會林立。西區的太平戲院新馬師曾粵劇、馬師曾太平劇團和中旅劇團話劇、上環高陞戲院的覺先劇團、銅鑼灣

利舞台等上演粵劇、話劇,當時粵劇團和話劇團盛況空前,是市民日常娛樂的好去處。粵劇和話劇的演藝文化早已紮根於香港。馬場上的賽馬日和賽馬夜為上班一族注入未知的橫財夢,於是咖啡店、冰室、大牌檔等,擠滿馬迷,熱鬧非常。通過以上的論析,他從大眾場所、住屋問題、娛樂等方面,逐一建構香港城市的形象,呈現上世紀中、後期香港人的生活狀態與精神狀態,反映當時香港的生活文化意蘊。

三、結語

　　專欄散文作為一種常見的文類,能夠折射都市形象及現代人的日常生活,某程度上能夠延續城市文學的都市性與日常性,揭示城市文學本身的特性及其發展規律。至於其理論建構,如城市美學、城市人的身分、現代意識等話語,則仍有待開拓。正因如此,舒巷城從景觀、飲食、住屋、娛樂等層面出發,書寫城市的風貌與氣息,滲入作家的審美情趣與城市的時代價值於文字當中,串連熟悉的生活與變遷的城市,扣緊城市文化、生活、居民等時代脈搏。城市與生活在文化層面上是相輔相成的,人們在不同生活場景中推動彼此的思想作交流,在時空推移中又往返無間,並相互滲透,而讀者則從中領略城市的內涵與文學的價值。

原載《香港文學》2019 年 6 月號總第 414 期,頁 86-89。

---

1. 袁勇麟:〈香港文學本土性的一個典型——重讀舒巷城小說《太陽下山了》〉,《世界華文文學論壇》2008 年第 3 期,第 27-31 頁。
2. 張佳麗:〈從舒巷城文學作品看 20 世紀五六十年代的香港——以《太陽下山了》為例〉,《名家名作》2016 年第 2 期,第 26-27 頁。
3. 馬輝洪:〈理想的憧憬——論舒巷城《太陽下山了》的成長主題〉,《現代中文學刊》2012 年第 2 期,第 53-57 頁。

4. 王宇平：〈抒情與越軌──重讀舒巷城小說《太陽下山了》〉，《華文文學》2016 年 2 期，第 115-119 頁。

5. 周曉芸：〈城市文化特性在城市文學中的影響〉，《南京工業職業技術學院學報》2006 年 9 月第 3 期，第 14-16 頁。

6. 陳曉明：〈城市文學：彎路和困境〉，《文藝爭鳴》2014 年第 12 期，第 1-3 頁。

7. 趙坤：〈城市文學中的景觀意象和空間構形〉，《江漢論壇》2014 年 11 期，第 89-93 頁。

8. 計文君：〈想像中的城──城市文學的轉向〉，《當代作家評論》2014 年第 4 期，第 64-68 頁。

9. 趙園：《北京：城市與人‧小引》，北京大學出版社，2014 年，第 1 頁。

10. 楊冬：《文學理論──從柏拉圖到德里達》，北京大學出版社，2012 年，第 505 頁。

11. 舒巷城：〈燈下拾零‧原序〉，《燈下拾零》(增訂本)，花千樹出版有限公司，2003 年，頁碼從缺。

12. 舒巷城：《小點集》，花千樹出版有限公司，2008 年，第 96 頁。

舒巷城異邦城市的人文情懷

　　舒巷城專欄散文以人文精神觀察世情，感受生活、詠物抒懷、雜寫旅行、體驗讀書、談曲說藝等，雅俗共賞。他通過文字連接城市生活經驗、城市面貌、城市文化性格、城市居民特質，表現香港作家以居住者、暫住者、觀察者、作者等多重文化身分的思考，也反映一座城市的存在價值與人民的生活意義，具有時代人文氣息。

　　他以街道、茶樓和咖啡貫通熟悉的生活和陌生的城市，書寫異邦城市的脈搏，滲入作家的審美情趣與城市的時代價值。他曾旅居美國數個月，先後到訪過兩次。在這種中西合一的城市中，為他帶來新的生活體驗，而一切的體會就是站在唐人街上。通過不同城市的唐人街，他尋找香港的風味，是居住地與暫居地的交織點。這樣子，他可以保留原來的生活習慣。作為典型的華人聚居地，唐人街在某程度上映射華人社會的品味、華人社區的物質面貌及華人的精神面貌。在城市景觀中，他在 1977 年獲邀到美國愛荷華大學參加「國際寫作計劃」的活動，速寫一系列愛荷華市近郊、街景等自然風光，不乏以畫作記下觀感。芝加哥大平公路上飛馳、瞭望台下的高聳入雲的大樓、陰晴不定的天氣；紐約曼哈頓區百老匯一帶的「正」（即劇場、餐廳、電影院等）與「邪」（即色情場所）、唐人街林立的古舊樓房和中文招牌、茶餐廳兼賣西餅和粵式點心；三藩市有漁人碼頭的「海灣觀光」船、仿製名畫的畫廊、唐人街中英對照的路牌、以廣東台山鄉音音譯的英

文路牌;三藩市周邊城市的現代化地下鐵道和票價低廉的古老纜車;西雅圖郊區長長的汽車燈、湖上的船燈、「太空塔」下的市區全貌、一應俱全的偌大五金店、海鮮餐館、現代龐大的購物中心、古舊百貨雜陳的皮克市場、燈紅酒綠中風光如畫的雨後風景、友人的臨海別墅,等等,無不入文,反映那些城市的風貌。

久居異地,難免會泛起思鄉之情。他聚焦於城市的街道、店鋪、中式招牌,也不忘上茶樓飲茶吃點心,更喜愛到露天小店、小檔或茶餐廳喝咖啡,彷彿這是在異地中能夠繼續保持自己生活習慣的載體,找回一些自己熟悉的文化。在異地,他遇上了故人,不忘上茶樓相聚,或在茶樓上唱粵曲、飲茶、看數份香港報紙,拾回一些以為早已失去了的東西,如童年回憶裡的薩其馬點心、叉燒包等,也會上粵式小飯店,吃大排檔風味美食,遇上農曆新年會逛唐人街的賣春聯、糖蓮子等攤檔,傳遞他鄉遇故知的驚喜。作為典型的華人食肆——茶樓,某程度上反映華人社會的消費、地域的文化與華人的生存狀態,是華人的文化符碼。從城市的角度來看,這是作者以「他者」的視野來考察異國城市的時尚,或者説,為城市文學找到另一條支線。作家以過客身分書寫城市的文化特徵,沒有遊子離家日久的焦慮或鄉愁,也不是對自己所居住的城市的依戀或期盼。這樣比較容易表現作者的美學取向與生活態度,自覺地觀察城市景觀與思考當下的存在意義。他以專欄散文的表達方式直接參與新城市的活動或生活,是一種自我肯定的表現,也能從中勾勒自己鮮明的個性與獨特的形象。

作者一直鍾情於街道和茶樓。抗戰期間,香港淪陷,他曾取道東江到桂林去,在那裡停留數個月。那時的桂林,隨處可見的樓高二層的茶樓或粵式戲棚似的「茶棚」,茶客如雲;記憶中衡陽茶樓的桌子、

碗、碟非常大；零陵中有貫穿全市的街道和忘年的舊詩詞友人。在戰亂中，他仍然不忘觀察該城市的街道和茶樓。街道和茶樓是公眾流動的場所和空間，盛載著一座城市的生活氣息與文化時尚，標誌著城市的景觀與人的特質。它們是作者認識異地城市的捷徑，更是一座城市的寒暑表。這些東西觸動作家的神經，以此衡量該城市的好與壞。更進一步，作家客觀地重現城市面貌，包括城市的時代氣息與人們的審美時尚，是城市文化與現代化的表徵。這是他的一種鮮明審美經驗，把自己放在熟悉又陌生的街道和茶樓中，換取獨立的位置，自己才可以比較清楚觀察城市的本來面貌。也就是在這個視域中，他才可以重新審視一個新的環境，認識一座全新的城市。或者，這就是城市文學的精要之處。作者書寫城市中的人物、事物、生活、情懷等，通過新環境中的熟悉舊物，以原有的生活態度思考新的價值或文化。於此，人們重新思考環境與人的關係，在固有的生活場景中認識新的環境，在陌生的場景下反思自己的生活態度。兩者愈是交織、重疊，眼前這座新城市便愈趨真實。在這個理解之上，我們重新開拓專欄散文的實際價值與美學領域，也重拾結集專欄散文的文學價值。

　　舒巷城以多重書寫城市的身分介入，或多或少能夠反映他對城市的意識或觸角，以專欄散文為切入點，可以看出散文與城市文學的「貼地」關係，總是離不開人和生活。專欄散文作為自由體的文類，比較容易從多角度展現城市、人和生活的互動性關係，反映城市的文化內涵或特點。作者無論身在何地，依然以作家或文人的身分審視城市，流露對街道建築物的思考、對粵式飲食文化的熱愛、對咖啡的鍾愛。顯然而見，他是一個熱愛城市生活的作家，他書寫異地城市隱然再現它獨特的風味，提升城市文學至另一種境界。可以說，他是一位喝著

咖啡、吃著粵式點心的香港作家,在不同的城市之中,表現相同的生活方式和人生態度。這就是他的境界!我們相信,他的人文情懷如筲箕灣、西灣河、鯉魚門海峽一帶的月色,一直散發著柔光。

原載《城市文藝》2019 年 6 月號總第 101 期,頁 86-87。

雅俗通變
——讀舒巷城《無拘界》

　　舒巷城《無拘界》一書收錄637篇作品，約有80篇與《舒巷城卷》與《夜闌瑣記》重複。因篇幅數量眾多，《無拘界》分上、下兩卷，上卷錄1988年至1989年選文，下卷則是1990年選文。「無拘」，緣自街邊賣武者募款的習語「少少無拘，多多益善」，也包含作者寫作時毫無「拘束」的心態與「文體不拘」的意思。至於「界」字，意指自然界以外，人間潮流也流行「界」。[1] 作者曾對《無拘界》欄「無拘」的內容作出概括：「生活感受，詠物抒懷，旅行雜寫，讀書體驗，談曲說藝，涉及詩詞，甚而上天下地，人間趣事，連寓言式世情等等，都可以任我執筆或零碎地『記』之……」，[2] 反映其雅俗並行的文學思想，包容物質與精神生活層面，以文人的世界觀與價值觀出發，突破一貫報紙專欄通俗的題材及流俗的形式，轉化為以雅顯俗及以俗推雅的思想內容，從而做到雅俗共賞。

　　雅俗共賞，可以說是雅人和俗人或俗人跟雅人一同在欣賞，[3] 符合一般報紙副刊專欄有廣泛的讀者群，雅人與俗人共冶一爐，力求拿捏好「以俗為雅」與「俗不傷雅」的分寸。我們從作者概括《無拘界》梗概作切入點，通論此專欄的題材，認識其於八十年代末的創作面貌。作品通過文字潛藏作者的性情，「其言之格調，則往往流露本相」，[4]「無疑將看到這些個性特點和情感（他的溫文、沉著、含蓄、幽默乃

至哀、樂、怒) 反映,更豐富動人」,[5] 這就是專欄結集成書的價值,「文如其人,在此不在彼也」。[6] 梁羽生認為《無拘界》專欄很特別,內容也見特色。「每篇不到五百字,但在這個小框框內,題材卻是非常廣泛。新詩、舊詩,話劇大戲,西樂中樂,打波唱曲,紅樓水滸,李白杜甫,莎氏樂府,進而至耳聞的巷議街談,目睹的社會怪狀……幾乎無所不包,而且談自己也談別人,破了舒巷城的禁忌。龔定庵詩:『不拘一格降人材』,《無拘界》則是『不拘一格找題材』」,[7] 展示文人的雅俗色彩。

　　甚麼是「雅」?劉勰以「典雅」與「雅麗」釋「雅」。所謂「典雅者,熔式經誥,方軌儒門者也」,[8] 意即取法經書,採用儒家,文辭莊重的是典雅;所謂「雅麗黼黻,淫巧朱紫」,[9] 雅正華麗的像古代的禮服,淫靡纖巧的像雜亂的顏色,由是「雅與奇反」。[10] 以朱紫二色比喻雅與俗,早見於《論語‧陽貨》,「惡紫之奪朱也,惡鄭聲之亂雅樂也,惡利口之覆邦家者」。[11] 一般而言,雅具有莊重、嚴肅、傳統等特質。書中雅的一面,顯示作者思想博大、內涵深刻,是高雅的代表。

　　一是談曲說藝,以雅蓄俗。如〈杜鵑啼〉由粵劇名伶薛覺先《胡不歸》的曲詞談起,擬杜鵑四下啼聲「不如歸去」,作者居處的杜鵑不分晝夜啼叫,忽發奇想單調四聲的變化:「停雨──今天」、「上街街──呀」。〈胡不歸與不如歸〉補充薛氏戲寶《胡不歸》的出處,可能源自光緒三十四年 (1908) 林紓 (琴南) 譯日本德富健次郎《不如歸》。〈曲與人〉分享劉德海與西崎崇子演奏的《琵琶與小提琴合奏曲選》,它是中國經典名曲及民歌,並介紹演奏者的生平和成就。〈遙遠的地方〉介紹《在那遙遠的地方》的傳播廣泛,及作曲者王洛賓的生平故事 (另見〈作曲家命運〉)。

　　二是藉詩詞兼懷文人風雅。如〈綠荷〉大談民間變體故事東征前薛仁貴的奇遇，要佳婿以四季為題作五言聯句詩，其中一人以「夏賞綠荷池」應之，故聯想到與荷有關的別名和詩詞。另有多篇分析古典詩詞，如〈醉醒之間〉以蘇軾〈臨江仙〉與辛棄疾〈破陣子〉為例，指出中國歷代與酒與醉相關的文字多不勝數，僅以西湖作為背景也有很多「醉文」，如白居易〈望湖樓〉；〈醉西湖〉、〈孤山種梅〉寫與西湖醉酒相關的「醉文」，如于國寶〈風入松〉、張岱〈西湖夢尋〉等寫西湖景物的作品　，繪景醉物。同時，作者也擬舊題詞詠物抒懷，如西湖補記──調寄〈南歌子〉、雨後──調寄〈鵲橋仙〉、聽樂──調寄〈虞美人〉、觀畫──調寄〈鵲橋仙〉（見〈詞四首〉）等，依聲填詞，顯現札實的古典詩詞根底。當然，也有作者擅長的新詩，如〈二十八行〉細說粵語長片見證歷史故非粵語殘片、〈這陣風〉諷刺官場吃喝風氣、〈五月雜感〉嘲現代貪官腦子裡的舊思想與封建、〈日記一頁〉憤慨民主之路不易行、〈抽煙人〉借打火機反思現代發明等，內容緊貼社會現象，觸動大眾的心靈。

　　值得一提的是，作者非常稱頌龔自珍的「文氣」，故以九篇的篇幅介紹其人其文，形成〈信中淺談龔自珍〉系列。龔氏的抒情詩更是奇氣逼人，佳句警句眾多，如「落紅不是無情物，化作春泥更護花」。作者讚賞龔詩媲美唐宋諸家如〈秋心三首〉，並細說龔氏家學淵源，又是性情中人。龔氏在當時甚有影響力，革命家、詩人、文人等受其詩文與思想的影響，梁啟超也受過他的影響，但梁氏跟王國維一樣不大欣賞他的詩。道學家貶龔詩，思想新的文學家則讚頌之，他的好友林則徐是其一。龔氏寫過憂憤之作諷刺鴉片的禍害，其全集也有許多議論時政之文，惜終不能一展抱負，如白居易、蘇軾、陸游等前賢一

樣，以談禪禮佛為歸宿。及後，龔氏寫了三百幾首〈己亥雜詩〉述説自己的一生，如憶童年、身世、記遊、寫愛情等，結合詩人生平自會明白詩人的熱血赤心，故「結客從軍雙絕技，不在古人之下」為世所稱道，表達投筆從戎的報國心。作者稱讚龔氏敢言、誠懇與赤子之心，在詩文中憶及童年和夢或夢中作詩的地方，卻被王國維評譏為輕薄的文人，作者舉數首詩為龔氏申冤，如〈午夢初覺悵然詩成〉。最後，作者推崇龔氏〈述思古子議〉反對科舉與八股的雜文，並以「欲為平易近人詩，下筆清深不自持」概括龔詩，暗譏時下的「定調」文、空洞文、游詞之文，借古諷今。作者以自然性情論人，故推舉龔氏文學造境，「藝之至者，從心所欲，而不踰矩；師天寫實，而犁然有當於心；師心造境，而秩然勿倍於理」，作者崇尚自然並順性模寫自然，龔氏自是學習楷模，有心的讀者可以進一步研究及開拓之。另外，〈「病梅」閑話〉分享讀龔氏〈病梅館記〉偶感。龔氏以五年時間治療病梅並回復它的真貌，因而被甘受愛病態美的文人畫士所垢罵，作者抒發藝術之真不等同事真之真的感慨，並借用魯迅雜文以伶人台上台下穿登台戲服的譬喻佐證。

至於俗，本指民間習俗。許慎《説文解字》説，「俗，習也，從人谷聲」。一般來説，俗具有民間、廣泛、習慣等特質。書中俗的一面，體現作者走入世俗，以小見大，是通俗的代表。

一是生活感受，觀察入微。如〈茶樓拾趣〉因偶然在茶樓「搭枱」，逐一描述同枱茶客的行為，重點描繪一個單身中年女人以為旁坐的先生身患絕症而刻意搬離座位，慨歎敏感與挑剔的界線。〈實用與美觀〉中一對青年夫婦爭辯茶杯的美觀與實用，偶發在平衡褲子的潮流與自己的「觀點之間」，抒發「美觀是在實用之後」的感慨。

　　二是旅行雜寫，描繪細膩。如〈北京雜記〉敘述北京印象，如西單逛夜市、國際酒店喝咖啡、王府井大街買壽山石、琉璃廠落後的公廁等。四篇〈荷蘭雜記〉提及阿姆斯特丹的「丹」，原意是堤霸、水壩，讚美當地旅館豐富的早餐、保養得宜的十七世紀房子和人們以鮮花裝飾居室，說明當地經濟比很多國家發達。除了現代化的建築物隨處可見外，運河一帶的船屋也是新型的，遠超出香港海灣的住家艇，中央廣場的鴿子、皇宮接近市中心和他下榻的旅館也叫人難忘。再憶述到海牙、鹿特丹怡人的旅程，博物館的名畫、運河上的風車、壯觀的「拱廊街道」式商場、港口船隻等，是寄情於山水之間的文人審美情趣。

　　三是觀影有感，以俗推雅。如以黑暗牢獄為背景的《第一繭》（見〈演員與導演〉）、描寫福建惠安縣東部離奇的婚俗遺風的《寡婦村》（見〈惠東習俗〉）等，作者以戲藝陶冶性情，提升藝術鑑賞能力。四是上天下地、人間趣事與寓言式世情。如〈天宮地府〉的天宮裡，關羽派一百頂高帽與地府裡閻羅王審判某甲在陽間派高帽一案；〈是鬧劇嗎？〉寫中環工作所見的一對「歡喜冤家」、四篇地球轉動描述地球轉動、哥白尼的太陽、布魯諾演說火刑與星星及伽利略觀察月亮與天象等，例子隨手拈來。

　　綜觀全書，舒巷城滲入雅俗思想觀於報紙副刊專欄，貫穿在其寫作當中，雅與俗相生相成。雅與俗表現為社會層面上的對立與差異，但在文化思想交流中兩者會產生相互推動的作用，「斟酌乎質文之間，而櫽括乎雅俗之際，可與言通變矣」，[12] 在〈通變〉篇印證雅與俗在轉遷與互動中的往返無間，也相互會通和變革的。舒巷城的「無拘」，讓讀者游走於文學、戲劇、音樂、語文、文化、歷史、旅遊等「界」域之中，充份體現其性情與才學，從中領略雅俗的內

涵與文人的價值取向。

原載《文學評論》2017 年總第 48 期，頁 15-18。

1. 舒巷城：〈出版說明〉，《無拘界》，花千樹出版有限公司，2010 年，第 iii-iv 頁。
2. 舒巷城：〈出版說明〉，《無拘界》，第 iv 頁。
3. 朱自清：〈論雅俗共賞〉，載《朱自清古典文學論文集》（上卷），上海古籍出版社，
   2009 年，第 101 頁。
4. 錢鍾書：《談藝錄》，三聯書店，2010 年，第 426 頁。
5. 舒巷城：〈出版說明〉，《無拘界》，第 iv 頁。
6. 錢鍾書：《談藝錄》，第 426 頁。
7. 梁羽生：〈無拘界處覓詩魂──悼舒巷城〉，載思然編：《舒巷城紀念集》，花千樹出版
   有限公司，2009 年，第 11-12 頁。
8. 劉勰：《文心雕龍》，載周振甫：《文心雕龍今譯》（附詞語簡釋），中華書局，2014 年，第 257 頁。
9. 劉勰：《文心雕龍》，第 261 頁。
10. 劉勰：《文心雕龍》，第 258 頁。
11. 劉寶楠撰，高流水點校：《論語正義》，中華書局，1990 年，第 697 頁。
12. 劉勰：《文心雕龍》，第 273 頁。

報紙專欄結集成書的通盤考慮
——以舒巷城《水泥邊》為例

　　在 1990 年至 1991 年間，舒巷城以筆名「尤加多」在《香港商報》副刊寫《水泥邊》專欄，共發表 143 篇文章，此專欄是他晚年的隨筆雜感又是創作生涯的尾聲，2014 年由花千樹出版社，以同名《水泥邊》結集成書，[1] 重現「作者創作的聲光魅力」，意義重大，與《無拘界》（另一已結集的《無拘界》專欄）風格一致。書中的「出版說明」記述此事，也交代書中的旨趣，如謀生、交際、旅行見聞、閱讀寫作娛樂感思、回顧自省展望憶發等題材，無不入饌。舒巷城無疑是摹仿生活的能手，「過去有的或現在有的事、傳說中的或人們相信的事、應當有的事」（亞理斯多德《詩學》），[2] 重視文章的特殊與個別藝術表現。

　　《水泥邊》編者意識到將報紙連載的專欄作品結集成書，要通盤考慮，主要是目錄和內文的次序。其他的有改正手民之誤、加上必要的註解或說明、標示或保留發表或寫作日期等。這點涉及報紙和書籍的載體與讀者群的不同。報紙質薄易於翻閱但難於收藏，書籍則剛好相反，厚重中卻多了一份使命感。報紙專欄的讀者是當下的普羅大眾，看完或即時回饋主編或作者，或隨手棄掉；相反，結集文字後，讀者層面廣泛也不受時空限制，只要願意花錢買之即可藏之。它們是截然不同的載體，盛載著不同的參與者與讀者群。報紙是由編輯——作者——讀者組成，呈單線狀；專欄結集成書則是由作者——出版社——

編輯——讀者組成，呈網狀，歷時較長，也涉及版權和授權等因素。韋恩・布斯（Wayne C. Booth, 1921-2005）在《小說修辭學》（The Rhetoric of Fiction, 1961）提出「隱含的作者」（implied author）的核心概念，即作者的「第二自我」（second self）「引領著讀者對作品的理解和反應」。[3] 編者與出版商類近「隱含的作者」，由他們再現專欄的價值與意義，故會加上出版說明、作者生活照片、手稿、插圖、人物自傳等補充資料，幫助讀者認識和理解作品。但兩者同樣要考量市場需要。

　　情況一如《中國學生周報》（1952-1974），由報紙原貌到圖書館微型膠卷到出版再到網上版，讀者閱讀感覺與解讀方式全然不同，間接引導讀者怎樣閱讀、閱讀甚麼、為甚麼閱讀等讀者接受領域。今日的讀者跟《水泥邊》專欄相距二十四年，只能從書中細味舒巷城在專欄中的文字與內容，頓時多了一層時間與空間的隔膜，但在抽離時空之際，反而重新認識九十年代初的香港與世界的形形色色，也感受到作者樸實的文字與真摯的感情。

　　書中「前記」，也是《水泥邊》專欄第一天的文章，舒巷城親述《水泥邊》專欄名稱，緣於他想到「在水邊」，跟自己原名（王深泉）有「水」為伴不提，重要的是自己「生在海邊，長在海邊，好像命定似的與水有緣」。他憶述自己在西灣河、筲箕灣、鯉魚門住過，在抗戰時漂泊於內地山區與雲貴高原上，鯉魚門海峽也常在他的夢中，及後回港與家人團聚，即在中環、灣仔、尖沙咀沿海一帶工作過，都是與「水」相連。他由水而雨到泥，也憶起黃泥涌道的歲月與戰火時風雨下泥濘的路，故結合「水」與「泥」——水泥，在香港滿布鋼筋水泥的高牆下，他「化作一葉風帆，或遨遊於古今的水雲間，或遠

看⋯⋯」，末句因篇幅所限而被刪掉了，原文句為「或沉浮在人海中望遠看近⋯⋯」（見〈人海〉），同文提示自己需掌握專欄的字數要求，也道出專欄作者的局限，「每一作者，各自所處環境不同，其拾取的人生一面，也往往僅是他所見的人生而已」。「出版說明」呼應〈這一篇〉，它是專欄的最後一篇，交代《水泥邊》專欄的始末，因張初（即名小說家金依，時任《香港商報》總編輯）茶敘天南地北而偶發「開檔」，也因張初退休而向專欄「說聲『再見』」，只經營了四個半月，仿如昨日。

　　報紙專欄結集成書後，當日專欄作者的聲音又在今日讀者的耳邊響起，重新與讀者交流。《水泥邊》就是一例，體現舒巷城在九十年代報紙專欄的創作精神面貌。

原載《港人字講》2015 年 12 月 14 日。

---

1. 舒巷城：《水泥邊》，花千樹出版有限公司，2014 年。
2. 楊冬：《文學理論——從柏拉圖到德里達》，北京大學出版社，2012 年，第 27 頁。
3. 楊冬：《文學理論——從柏拉圖到德里達》，第 505 頁。

談舒巷城《水泥邊》的題材

　　一提「舒巷城」的名字，讀者自然會想起他的名作《鯉魚門的霧》和《太陽下山了》。本文想發掘舒巷城的另一面，就是他在九十年代報紙專欄的創作精神面貌，如何真情實感地反映自己的生活點滴。

　　在 1990 年至 1991 年間，舒巷城以筆名「尤加多」在《香港商報》副刊寫《水泥邊》專欄，共發表 143 篇文章，此專欄是作者晚年的隨筆雜感，也是其創作生涯的尾聲，2014 年由花千樹出版社，以同名《水泥邊》結集成書，[1] 重現「作者創作的聲光魅力」，意義重大。書中的「出版說明」記述此事，也交代書中的旨趣，如謀生、交際、旅行見聞、閱讀寫作娛樂感思、回顧自省展望憶發等題材，無不入饌。

　　我們先看「謀生、交際、旅行見聞」方面，「謀生」的有自述自己習慣抽煙寫稿，也愛喝咖啡（見〈餐廳〉），不知燒掉了多少錢，也反映當時政府加重煙草稅煙民叫苦連天（見〈煙民小記〉、〈買煙記〉、〈長期習慣〉、〈「自律」〉）、攤開稿紙寫作而聯想到古人的名號（見〈名與字〉）、報紙檔、流動熟食等攤子夫妻檔的刻苦耐勞（見〈夫妻檔〉）等；「交際」的有跟朋友茶敘開聊大發性格與運的道理（見〈甲、乙〉）、憶談舊公司舊同事談論公司外的「阿狄」的吹毛求疵異行（見〈阿狄先生〉）等；「旅行見聞」的有曼谷旅行對燕窩的深刻印象（見〈燕窩〉）、乘遊輪出海的經過及買了免稅煙卻賠了看病錢的軼事（見〈海上過夜記〉）、春節台山等地遊賠了兩小時等團友之不幸及認識了熱心友善的新會女導遊之幸（見〈不幸與

幸〉）、漫談 1977 年獲邀到美國愛荷華大學參加「國際寫作計劃」的活動、自娛速寫及「保羅兄」的健談幽默（見〈安格爾及其他〉）等，充分體現作者以小見大的手法及風趣幽默的一面。值得一提的是，作者到美國愛荷華大學交流，速寫一系列愛荷華市近郊、街景等自然風光，也收錄在此書內，共七幅畫作，另有兩幅澳門景點速寫，成為此書的一大亮點，反映作者粗筆勾勒實景的功架，不愧「文畫雙全」。

再看「閱讀、寫作、娛樂感思」方面，作者如何從自己日常的生活誘發所感所思。談「閱讀偶感」最多是的《紅樓夢》，有賈政與寶玉性格與思想迥異的父子（見〈父與子〉）、對賈雨村由同情到討厭的轉折情節（見〈賈雨村〉）、薛寶釵兄長薛蟠性格由壞轉好的敗筆（見〈薛蟠〉）、行酒令和唱曲反映人物的悲喜與行為的雅俗（見〈性格與雅俗〉）、薛寶琴談外國女子通中國詩書也會做詩詞（見〈外國女子詩詞〉）、薛蟠情挑戲子柳湘蓮的娛樂趣味（見〈柳湘蓮〉）等。其他的閱讀層面，有清初屈大均《廣東新語》（見〈粵歌〉）、重翻宋人沈括《夢溪筆談》（見〈鸕鳥〉）、翻讀郁達夫《郁達夫詩詞鈔》與南宋陳亮《龍川文集》（見〈有感〉）等，作者熱愛文學，有重讀書籍的習慣，古典文學根底厚實。談論「寫作」的，有戰時術語「燈火管制」、「警報」、「疏散」等當時的新名詞（見〈戰時名詞〉）、從「一闊臉就變」、「變幻才是永恆」、「五十年不變」等悟出「變」並道出無常（見〈變〉）、從陶洲明《歸去來辭》的「悠然」與粵語「化」一字多義道出看化的哲理（見〈化〉）、從林語堂譯「幽默」一詞說中西的幽默感（見〈幽默雜談〉）、熟語如「你講嘢呀？」的興衰（見〈熟語「糖精」〉）、以粵語貶詞「白鼻哥」的來源與演變為例說明方言的奧妙之處（見〈鼻哥等等〉）、為增加地方色彩故意把「已經」

説成「經已」（見〈從「經已」説起〉）等，足見作者涉獵甚廣，博學古今，例子順手拈來。

更多的文章是討論電影和電視節目，〈紅塵外〉從電視藝員林國雄和陳秀雯夫婦信佛茹素説起，男的出家作苦行僧，談「慧根」高低決定能否看破紅塵，當中包括前因、經歷、環境與心理等因素。〈鋼琴家印象〉三篇，從電視上看到著名蘇聯鋼琴家阿殊堅納西的特輯，憶述自己於六十年代中期在香港大會堂首次聽過阿氏的演奏，給他的印象是技藝超群但作風純樸，及後也買過阿氏演出的唱片。在電視特輯中看到二十多年後的阿氏雖然名成利就，但依然樸實無華，叫他難忘的是阿氏與故人敘舊的那份人情味。另外，作者善於就地取材，貼近生活，分享數部電影和重播節目，如以二戰為背景的異國夫妻悲歡離合的《浮世戀》與國共之爭下殘餘部隊在異國過著非人生活的《異域》（見〈看兩部影片後〉）、差利‧卓別靈十三四歲前的經歷的《笑匠人生》（原名《年輕的差利‧卓別靈》（見〈差利〉）、台胞返故地探親的《滾滾紅塵》（見〈紅塵滾滾記〉）、雅俗共賞的《人鬼情未了》（見〈人鬼情〉）、現實意義的《搶錢家族》（見〈美麗的誤解〉）等，當時風靡一時的中西影片，作者娓娓道來，今天的讀者可以窺見九十年代初或以前的電影題材，了解當時的流行元素。還有，作者愛看紀錄片，如談波蘭嚴重的環境污染《東歐啟示錄》（見〈波蘭污染問題〉、〈「泥土死亡」及〈河水變黃〉）、香港野生動物和過境候鳥的特輯（見〈鸕鳥〉）、「西安事變」主角張學良訪問《沉默五十年，張學良專訪》（見〈耐人尋味〉）等，反映作者關心世界國家大事，也熱愛大自然（另有〈香港自然生態〉三篇、〈污染隨想〉）。

部分是關於音樂戲劇，如〈聽古箏〉細談自己汲取項斯華古箏獨

奏「純音樂」的養分、〈戲與人情〉分享自己熱捧講述京劇《舊戲新書》的熱忱等，以上題材說明他自小在藝術氛圍中長大。據悉，作者的父母喜歡看粵劇名伶演出及叔叔熱衷搞話劇，因此他戰前在廣州曾研讀過戲劇。

次看「回顧自省展望憶發」方面，文化情懷的有廣東秋冬吃蛇進補（見〈說蛇〉）、當時幾近絕跡的男士氈帽（見〈氈帽〉）、戰時前後的「普及版」唐裝衫褲和「大襟衫臘腸褲」（見〈衣著與裝束〉）、清末民初的長衫馬褂和旗袍（見〈旗袍〉）等，作者回顧以往的文化風俗，淡淡反省有些文化消失、有些文化保留下來的原因，可見他那份文人情愫。歷史的有康熙傳位與雍正繼承的謎團（見〈歷史之謎〉）、從《張學良專訪》談歷史懸案（見〈事與「戲」〉），看到作者熟悉歷史，探求真相。

專欄的特色的是著重時效性，作者也與「時」俱進，歲末新春期間，寫清理書刊雜物（見〈大掃除〉）、內地人和香港人分別以「春節」與「農曆新年」稱新春體現兩地的習俗和傳統文化差異（見〈歲晚雜寫〉）、「庚午」與「辛未」之交談香港四季）見〈春訊〉）等文章，顯示作者貼近大眾話題，也是一年的展望。

舒巷城博學多才，興趣多樣化，舉凡文學、戲劇、音樂、語文、文化、歷史、自然保育等話題，兼收並蓄，文字質樸無華，無疑是成功的專欄作者，也是出色的香港文學作家。讀者有緣從結集文字閱讀當年作者的專欄，無疑是一件賞心悅目的雅事。

原載《大頭菜文藝月刊》2015年總第4期，頁92-95。

---

1. 舒巷城：《水泥邊》，花千樹出版有限公司，2014年。

海邊貝殼上的舒巷城散文詩

　　舒巷城的散文詩以哲理方式，探索現實生活與個人心靈的踫撞，在真樸自然的語言中反映他刻劃生活的心思。本文從六十年代《小流集》三十七則及《浪花集》十九首[1]的藝術特色作為切入點，概論其散文詩的哲理含義，藉此認識其於六十年代創作散文詩的境界。

　　散文詩是現代抒情文學體裁，其體格是糅合散文與詩的長處，以形散神聚的散文描寫筆法，結合詩的表現方式，表達詩人眼中詩化的生活。作品通過詩的抒情方式顯現詩人潛藏在字裡行間的感情，「其言之格調，則往往流露本相」，[2]這就是詩人的價值與詩的意義。詩人基於對社會的理解與人生的感觸，「把我們眾多人心裡的詩句用文字寫出來」，以詩筆抒寫生活或以生活融入詩篇，表現自己敏感的心靈觸動。「詩人的職責不在於描述已經發生的事，而在於描述可能發生的事，即根據可然或必然的原則可能發生的事」，[3]詩人運用對比、因果及寓言等藝術手法，造就探索式哲理性的散文詩，透過對社會的觀察與生活的觀點，摹仿不定指的對象，化為「浪花」、「山泉」、「孔雀」等意象，寄託詩人對美好事物的追求，從中探求任重道遠的詩路。

　　一是突顯生活的對立。因為感悟生活而道出世人欲言又找不到合適言辭的詩句，詩人以對比的手法突出生活的矛盾。「『我常常回憶過去。過去了的總是好的。』／『那是因為你不願向前看。』」、「春天是個姍姍來遲的少年人。——我們等了多少時日呵！／冬天是個健

步如飛的老年人。──一轉眼他又回來的了。」、「高貴是叫人向上的。
／而『高高在上』卻要求對方處於卑下的地位。」等詩句，都是以平
實的詩筆寫出人們生活層面上的一些看法或感想，但讀起來如沐浴於
甘泉之中，內心有一股說不出來的淡淡韻致。它告訴我們，生活是對
立的，而且一直存在可能或突轉的方向。突轉是指行動的發展過程中，
在符合可然或必然的原則下，從一個方向轉到相反的方向。[4] 愛回憶
過去的人突轉到不願向前看的人，少年人和老年人比喻等待和離開突
轉到快與慢的落差，高貴的人突轉到相反位置上卑下的人。只有通過
一連串簡短的對比手法，以不確定的描述對象創造情感上的波動，才
能抒發生活上的片斷，淡遠中見痛快，簡約中見深厚。

　　二是探索生活的因果。詩人以因果關係闡釋生活上的疑問，「因
為求真，所以樸素；因為求真，所以深刻」、「人間有了不平，人生
遂有了坎坷」、「門是為了開而設。／ 牆是永遠關上的門」等詩句，
嘗試為生活的現象找尋合理的邏輯思路，並賦以詩的抒情性語言來淡
化現實世界的硬度。語意淺易卻擴闊深遠的想像空間，具有更多的跳
躍式意象，是留白之美，言有盡而意無窮。事件與事件之間或許不容
易找到前因後果的關係，反而看到此先彼後的出現次序，近乎禪語。
詩人另托「浪花」、「山泉」、「孔雀」等意象，分別歌頌「純潔」、
「越過障礙」、「自由」等的可貴，欲發溫柔敦厚的幽光。

　　三是言說生活的寓言。詩人轉為以寓言探討生活的真善美，「苔
生長於古老的岩石邊，剝落的牆下……／ 苔在陰暗裡生長，其結果，
是越來越頑固」、「脫離了那深植在泥土中的根，樹還有甚麼可恃的
呢？／ ──即使高大，是再也不能獨立的了」、「珍珠離開了蚌還是
珍珠；但蚌失去了珍珠呢，只不過是蚌罷了」等詩句，借物喻理，讀

者按照自己的生活經驗悟出箇中的道理，因應感悟的深淺而有不同的解讀方式與思考內容，充份反映詩人以寓言方式入詩的造詣。「性之靈言其體，悟之妙言其用，二者本一氣相通。悟妙必根於性靈，而性靈所發，不必盡為妙悟；妙悟者，性靈之發而中節，窮以見幾，異於狂花客慧、浮光掠影」，[5] 或言之，詩人以個人性靈入詩帶出對宇宙的探求，讀者以自己的妙悟高低領略箇中的言外之意，相互通過詩搭建溝通的橋樑，又藉此打通詩的語言變化之門。

　　在詩人的眼裡，詩是甚麼呢？「貝殼是海灘上的花朵；是生活於海邊的孩子們的生活裡的詩！」詩是生活在海邊上，一樣的自然，又是活在孩子的生活裡，一樣的純淨；相反，詩是不存在於「生活的海灘上」，因為「蒙上了污泥的心靈是看不見詩的啊」。而詩人呢？詩人繼續踏上可能發生的詩路上，「我的紙船只能在夢中航行，而真正的船是不怕任重道遠的。／駱駝是沙漠的行舟嗎？——為人服務，船是海洋的駱駝。」

原載《聲韻詩刊》2016 年總第 32 期，頁 22-23。

1. 二集收錄於《記心詩》專輯內。舒巷城：《我們相逢，我們分別，我們長相憶》，花千樹出版有限公司，2015 年，第 118-143 頁。
2. 錢鍾書：《談藝錄》，三聯書店，2010 年，第 426 頁。
3. 亞里士多德：《詩學》，商務印書館，2009 年，第 81 頁。
4. 亞里士多德：《詩學》，第 89 頁。
5. 錢鍾書：《談藝錄》，第 514 頁。

輯四：
轉型城市的文化心態
——也斯作品

也斯《剪紙》的語言、文字和文化界線

一、引言

　　也斯（原名梁秉鈞）《剪紙》[1]「原來是想寫七Ｏ年代中葉香港生活的種種幻象」,[2]「這社會裡充滿了種種欺妄的意見、僵固的文字，一個人很容易就不自覺地被它們束纏得透不過氣來」。[3]「欺妄的意見」，指的是當時一種通行的武斷和片面的看法，也斯想整理自己的看法，又希望得到別人的回應，力求在正反討論中引出比較全面的看法；「僵固的文字」，指的是簡單的二分法：內容與形式、正面與負面、自然與刻意、內在與表面等對立面，同時，用過去課本的文字不足以表達自己，香港需要發展當時那種混雜的語文，他續談自己心目中的文字，不是只說符合規範的文字，也不是只貪圖裝飾性的文字，我們在使用文字時，並不是為了把話說得漂亮和文雅，而是要通過文字去了解這個世界，甚至是創造自己。於是，也斯希望通過小說，了解人們的生活、看自己和世界、在別人的交接中創造自己及為甚麼會那樣做。[4]語言和文字，是也斯思考香港社會文化的一大課題。

　　《剪紙》不過是一個愛情故事吧了，說到對事情的看法云云，是不是離題太遠了？也許是吧。所以會說得這麼遠，是因為我以為，一個人對愛情的態度也好，對藝術的態度也好，都跟他的人生觀有關，是自然發展成的。所以故事裡某個人看得到或看不到某件事，用這種或那種文字符號

表達自己，自然跟他們各自是怎樣的人有關。[5]

《剪紙》似乎並不是一個單純的愛情故事，看來是想越過愛情，潛入人的內在主體或思想，人的人生觀及對事物的種種態度，關係到他會用甚麼文字表達自己。也斯在另一場合說得更明白：

> 《剪紙》也許也不免是一個觀照和省思的納蕤思式的文本 (narcissistic text) 吧。我的「鏡子期」的發現或許是：儘管我渴望與想像中的傳統文化合而為一，實在已有了無可踰越的差距和變異，在慾望與距異之間產生了絮絮滔滔的文字。[6]

臨水的納蕤思原型，是找不到鏡子的納蕤思無法通過一種客觀的媒介，表達他內心的焦慮與渴望的痛苦。即如也斯焦慮「欺妄的意見」及「僵固的文字」會磨蝕當時的香港社會文化，渴望在傳統文化中找到鏡子，意圖創造新的文化，在這個意義上，渴望與想像的斷裂，令到也斯在生活的幻象或是表象中，找到自我表現的鏡子一樣，是一個迷戀又是一個觀看的過程。

> 每個人照進這故事的鏡子看見不同的東西。這一切仿如一道長廊裡，充滿了正正反反顛倒破碎的鏡子，來復反照變形，好像徒勞未嘗沒有意義，而在開頭處是納蕤思臨池自照的故事，這故事總使我想了又想，不僅因為它是一個迷戀的故事，也因為它是一個關於觀看的故事。也許因為我在想這問題，所以把這看成一個觀看的故事吧。我們在學習看自己，又學習去看別人，而這又是互相牽連的。[7]

鏡子強調任何事物的朦朧、倒置和扭曲本質，人無法看清主體和客體的異同，只能在矛盾和分裂的狀態下存在。[8] 在臨水納蕤思的原

型下，今天重讀《剪紙》，我們能從中得到怎樣的啟發呢？「我」在兩位女主角喬和瑤的幻象中又是一個怎樣的角色呢？「我」又如何分裂自己，化身另外三位男性黃、唐和華呢？在分裂過後，「我」重合他們又得到了哪些新的啟示呢？

二、綜述《剪紙》主要評論

三十多年來的文學評論家對《剪紙》有不同的解讀方法。八十年代的主要評論著重反思小說帶出的中西文化與人際關係的幻象。陳寶珍指出小說結合寫實和想像的寫法，在平行發展的愛情故事中，兩位女主角就像剪紙的正反面，展示香港社會中的傳統與西化問題。[9]葉輝認為小說是也斯對七十年代香港的大眾傳播媒介的反思，又是人際關係與文化的雙重幻象的探索。[10]

到了九十年代，主要評論在原有的基礎上，解構小說的文化符號、女性形象與多重文本意象。容世誠論析小說透過女主角的自身特質反映傳統與現代的二元對立，思索文化隔閡與溝通的問題，剪紙與粵曲化身眷戀與疏離的符號，象徵中國傳統文化，不同形態的剪紙又成為各種的符號：視覺、中國、西方、文字、非文字、現代、古代等。[11]羅貴祥表示小說表現了女性形象與大眾文化的關係，喬和瑤是對方的「鏡像」(mirror image)、「重像」(double) 和「類像」(simulacrum)，「我」游走在兩種幻象、傳統剪紙與粵曲、現代拼貼與大眾傳媒之間，表現懷疑、陌生、隔離等虛妄的適應、調整和清醒的態度。[12]董啟章指出小說展現糾纏交錯的網絡，包括文本意義上剪紙的多重聯想和暗喻、文本剪紙的多重對立、高度商業化城市的種種荒謬，從中如何在分崩離析的現實生活與精神分裂的錯亂中保持個人的反省能力。[13]

　　進入千禧年代，主要評論在前調子上擴闊視野，重新思索七十年代香港的生活、虛妄與情感。葉輝認為小說批判和反省七十年代傳媒的積習，包括從業員對文字浮誇而輕率的態度及媒體對事物粗暴而武斷的報道[14]。小西從「詞與物的關係」及「物件——符號」的角度，分析小說傳遞溝通的困難，就是人際關係與傳媒文化工業，回應也斯以此寫出七十年代中期香港生活的種種幻象。[15]陳智德分析作者通過剪紙與粵劇兩種傳統藝術表現的重新解讀與演繹，又在喬和瑤的重像中，思考不同藝術媒介之間的另一種「翻譯」，展現七十年代香港的寫實意義及再現香港的問題。[16]黃勁輝以中西抒情與矛盾的方法，論述小說中七十年代香港的都市現代情感。[17]綜觀上述，評論帶出小說中西文化與人際關係的幻象、文化符號、女性形象與多重文本意象，重新思索七十年代香港的生活、虛妄與情感。

　　筆者基本上同意以上的論調，但評論未能透徹分析故事中的迷戀與觀看現象，本文試圖轉換視角，以「界限」作為切入點，援以米歇爾・福柯（Michel Foucault, 1926-1984）瘋顛與非瘋顛、理性與非理性的思想，解讀小說中語言、文字和文化在界限中的界線。《剪紙》存在著影像、鏡像和幻象的迷戀和觀看，在喬和瑤的分裂與重合之中，又以及「我」、黃、唐和華的分裂與重合之中，表象與喬和黃的關係、瑤和華的關係及「我」這個接受表象的人的關係被打斷後，顯露語言、文字與文化的界線。

三、瘋顛與非瘋顛、理性與非理性

　　福柯指出理性與非理性相互疏離的斷裂，著意我們重新置於歷史之中，考察人的行為，那些造成理性與非理性之間的分裂、疏離和虛

空的行為。[18]「瘋顛存在於想像之外，但又深深植根於想像」，[19] 這是一種信仰、肯定和否定行為，於是人物會出現譫妄的語言，分離靈魂和肉體，既驅逐客體，且支配主體。「瘋顛主題取代死亡主題並不標誌著一種斷裂，而是標誌著憂慮的內在轉向」。[20] 人們認為瘋顛威脅到自身存在，面對死亡的恐懼不斷內化成生存的虛無，嘗試從內心體驗到永恆的存在。但在另一端，瘋人是知識的化身，因其荒誕的形象實際上擁有完整的知識領域，會預告統治、末日、福祉和懲罰等不同形態，具啟示作用。知識在瘋顛中佔有重要的位置，因為人們藉助瘋人說出真相或真理，或發揮荒誕的效果，因而被浪漫化了，形成狂妄自大的瘋顛諸如自戀，形成正義懲罰的瘋顛諸如通過懲罰自身揭示真相，形成絕望的瘋顛諸如絕唱或囈語。

　　「在古典時代，瘋狂的實踐性事實和再現性事實之間存有的是一個互不溝通、互不認識卻又相互平行、對應的關係」，[21] 福柯通過分裂與重合解構古典非理性，即非理性與理性的對立、理性的負面及理性借其排除而建立自我，貫穿整體文化現象，在不同時代中瘋狂會有不同的形態，展現不同的文化特質。瘋狂如同夢一樣，處於鏡像對立的位置，給予展現重合自由和真理，在主體與世界之間瓦解對立面。「人類學幻象乃是把人和對象之間自然的關係，當作是人的本性，同時又把人的本性當作真相中的真相，以及真相的後撤」，[22] 福柯轉化伊曼紐爾 • 康德（Immanuel Kant, 1724-1804）批判哲學，返回主體反轉思考，真相只能是人性可能中的真相，[23] 調和主體與世界的問題。

四、界限的意義

　　「界限」一詞，福柯在《瘋狂史》序言中清楚說明：

我們可以作一部界限的歷史——界限意指一些晦暗不明的
手勢，它們一旦完成，便必然遭人遺忘。然而，文化便是
透過這些手勢，將某些事物摒除在外；而且在它整個歷史
裡，這個被挖空出來的虛空、這個使它可以獨立出來的空
白空間，和文化的正面價值一樣標指著它的特性。因為文
化對於它的價值，是在歷史的連續性之中來接受和保持它
們的；但是在我們所要談的這個領域裡，它卻進行基本的
選擇，它作出了給它正面性面孔的劃分；這裡便是它在其
中形成的原初厚度。詢問一個文化的界限經驗，便是在歷
史的邊際，探尋一個彷彿是它的歷史誕生本身的撕裂。[24]

　　林志明分析界限不是極限，而是作劃界線的界限。這個界限是一
個文化作出基本劃分來確立自身時的必然選擇，這個「必然」卻不一
定包含沒有溝通的排除關係。[25] 福柯的論述，預設價值與選擇，劃界
線的方式是超歷史的原則，又引伸為歷史本身的誕生，是在劃分的界
線邊緣，又是撕裂的。

五、喬和瑤的影像和鏡像

　　《剪紙》就是體現瘋顛與非瘋顛、理性與非理性是相互依存並生
的幻象。也斯以雙線並行的手法展現喬和瑤的一正一反幻象。喬和瑤
是一組諧音的名字，各自獨立成長又是對方的影像和鏡像，相互複製
對方虛妄的行徑又相互折射開去。喬是精神病患康復者，住在正在發
展的銅鑼灣新區，在雜誌社從事插畫工作，能跟上商業社會急促的步
伐，但回到家裡，她會跟牆上的鳥兒說話，甚至餵飼牠們。瑤是精神
病患復發者，住在日漸老化的舊區上環，原本在中學教書但不足兩個

月就自動辭退，終日沉戀在剪紙和粵曲的狂熱中，或說自己的名字不是瑤，或要「我」幫她尋找幻象中的華。一般以為喬代表西方思想文化，瑤則是中國傳統文化的化身，而「我」則是理性地游走於二人之間並觀看她們的故事，又是主體與世界之間的全知者，但眼前的一切都是幻象，喬是一個現代的幻象，瑤則是一個傳統的幻象，由「我」牽出喬和瑤的夢幻、瘋顛、荒誕的故事，得以展開生活中的種種疊層幻象。

六、影像和鏡像中的語言、文字與文化界線

語言和文字在人與人溝通中已經失去了效用。喬努力配合大機構的效率，總是能趕上死綫和滿足老闆的要求，成為同事眼中多姿多彩的人物，病情也因此逐步減輕，在工作界線內，不斷努力地在不同版面擠上圖片和插畫，就是通過勞動贖回自己的罪，也不致被驅逐到制度以外，還能贏回自我形象和社會地位。文字在喬的工作領域中，失去了它的意義也失去了信用，延伸到私人生活領域，她不斷收到從書中或報刊上剪下來的中國古典和現代愛情詩句的碎片，[26] 在愛情領域裡，她只是看到文字背後的曖昧，於是找「我」來替她解讀詩句的含義，帶出她不相信文字，或者是希望背後的發件人是「我」。黃獻詩給喬如同賦詩一樣，卻往往斷章取義，隨心所欲，只是借用詩句作為自己的說話，所取的只是句子的字面意思，而不管全詩上下文的意思。[27] 那些零碎的愛情詩句拉開「我」和喬的話題，彼此卻又無法溝通，也拉斷「我」對喬的理解，並深化黃對喬的迷戀。「我」被放在觀看的位置上，嘗試為寄來詩句碎片的黃辯白，可惜徒勞無功，語言如同文字一樣，在喬的世界失去了意義和信用，雙方一直不了解對方，在

誤解中，黃對喬存有幻象，喬對黃卻產生恐懼。

　　於是「我」從喬的世界去到黃的世界，從喬的角度轉換到黃的角度。黃自從在雜誌社被辭退後，自我形象日漸低落，不停收集喬的作品，在這些表面流行的畫風中，幻想喬的幽默和可愛，有關影像就是對西化的幻象。黃對喬愈是迷戀，愈是放大現實的抑壓，是一種隱性的威脅。黃拿出黃皮的厚本子給「我」看，內裡全是喬的名字、愛慕的字句和解釋的文字，不斷刪改又不斷轉換語氣，達到不相信文字的地步，在刪去又寫出來的碎語中，文字變得可疑、曖昧和破碎，藉此報復黃曾做美術編輯時的粗暴行為，亂抓字稿又把它們搓成一團。這是言意矛盾的表現，「往往意在筆先，詞不逮意，意中有詩，筆下無詩；亦復有由情生文，文復生情，宛轉嬋媛」。[28] 黃愈是懷疑自己，愈是想透過文字挽回失去的信心，最後卻被文字出賣自己，以為在文字世界裡不斷勞動就可以消除失業的焦慮，也以為可以減輕自己對喬的狂戀罪行從而提升個人的道德層次，可惜他是一個被驅逐到制度外的客體，在黃皮厚本子的界線內，只是從主體的想像出發，以為通過它可以建立自己與外界溝通，故此賦予文字贖罪的力量。「人往往在對他人的愛中找到希望的形狀，而從慾望和對象的距離間，就產生了文字，那讓人發揮人性的基礎」。[29]

　　回歸現實，黃看到喬跟外籍男子羅渣約會時，拿出剪刀刺傷了羅渣，然後暈倒在地上。黃對喬的迷戀幻象破滅後，顯示潛藏的非理性領域，徹底地扭轉剪刀的地位，由原來的謀生工具變成荒誕的手段。他刺傷了羅渣後，失去了語言的能力，幾個星期也說不出話來。受驚了的喬看過那本黃皮厚本子後，斷然否定黃幻象中的自己，那些文字中的自己，也宣判黃的徹底失敗，雙方在剪刀的虛妄中開始和結束。

黃試圖越界走入喬自己築起的西方世界，黃皮厚本子就是黃的內心潛藏的象徵，也是喬作為黃皮膚中國人的真實表徵。黃一直以來不會說話又放棄文字，最後被文字出賣玩弄，又失去語言能力，是一個由東方世界潛入西方世界的失敗例子，又是在劃出界線的界限被拒絕、遺忘和沉默的代表。

　　而喬是活在他人幻象中的西方世界，外貌像日本人又像法國人，早已不信任文字，在非理性的領域中以語言跟不存在的鳥兒說話。喬的名字或許是「喬裝」，喬裝起西方世界的一切虛幻，劃出西方文化正面價值之外的界限。她看過黃的黃皮厚本子後，說「我不是這樣的」，[30] 西方世界猶如黃的碎片詩句，都是被浪漫化的夢幻，形成狂妄自大的瘋顛如喬的自戀及拒絕文字，又形成絕望的瘋顛如黃的剪刀。喬一直對「我」聲稱的秘密，到故事中的尾聲，她遞給「我」黃色紙袋，「那只是滿紙碎散的抽象符號，與外界實物沒有任何關連」，[31] 是喬自己非存在的荒誕表現。喬裹著黃色皮膚的軀體，面對西方思想文化步步威脅自身的存在，在選擇迎合與喬裝西方後，不斷內化自己成一堆不存在的符號，終歸於虛無，再一次純粹消極地自我排斥，語言和文字又一次在她的世界裡，甚至在西方世界裡缺場，一切都是非存在環節，包括旁人的奇想、幻覺和謬誤，在激情過後，割裂自身的靈魂與肉體。

　　喬的另一面影像和鏡像就是瑤。她們分別在西方與中國文化中分裂開去，獨自發展自己的故事，再從「我」的觀看中重合她們，相對地理性戳破眼前的幻象。瑤自我驅逐在制度以外，成為遊手好閒者，逐步加重病情，她以剪紙和粵曲為手段，維持自我形象甚至得到家人的認同。由於失落於社會地位，她只好藉助唐和華的形象補回這一缺

口。華擅長剪紙，瑤數年前從他那裡學會剪紙，但華的剪紙跟瑤的不同。華會刻出舞獅圖、蝴蝶、小娃娃演奏音樂、臉譜等傳統構圖，人們從零碎的紙片中捕捉到中國民間藝術，這些只會在過年過節或做喜事出現的風俗。因剪紙的手藝在當時的香港難以維生，華也做過粵語片配音員及出入口貿易生意，把自己成為理性的部分。同樣是剪紙，但華的傳統剪紙手藝比不上喬的拼貼工作那麼值錢，至少不能以此謀生。在自我封閉的界線內，瑤總是拿起刻刀和色紙，沿著一道道的線，一刀一刀刻下不同形態的動物、人像、自畫像等不帶裝飾性的形象，有意扭曲傳統剪紙的本質。瑤通過剪紙刻下自我的變形形象，把自我放在一個不可預知的想像領域之中，並在狹小的房間內放任奔跑，所以她要固定自己在指定的活動空間內。對比華的剪紙，瑤的剪紙是零碎而不成故事的構圖，是重合現象，是無法溝通和頑固的部分，暗示潛藏在她身上瘋顛的元素正在加倍爆發，伴隨她而生的也有粵曲。「我」也依葫畫樣地跟瑤和她的大姊唱起粵曲來，大家在陳舊的故事與藝術形式中，因為放入了感情，「我」看到一些美好的東西，進入粵劇的世界。粵劇是非存在的存在，看似脫離日常生活但又暗自預示人物的遭遇，拉開「我」和瑤外在的距離，是「我」在生活幻象中的宣洩對象，又是瑤在剪紙世界裡無法自我滿足的替代品，也拉斷「我」對瑤的理解。

　　主體與客體開始在分裂和重合之中交錯運作，造成對立並開始新的意義。在過去，瑤選擇自我放驅客體，在主體中表現非理性的行為；現在，瑤的病情日漸惡化，威脅到自身的安全，壓制主體，「我」於是到片場找華幫忙，希望可以找到瑤口中的唐，但華說瑤從未見過唐師傅。唐是華的剪紙師傅，早幾年在文革中過世了。由「我」的視

角挖掘瑤的虛妄思想狀態，就是對傳統無止境的眷戀，從現實生活中抽離自己，瑤的主體早已為虛幻所主宰，也把理性的「我」捲入更深層的幻影之中。透過「我」的介入，瑤的瘋顛不再有絕對的外緣和他異的位置，它反而成為人性知識追求的表現，以其力量展示文化的界限。華和唐的名字就是華人和唐人的代表，也是中國人的代名詞，是中國文化的界限。唐早已離世伴隨他而去的是其剪紙絕藝，就正如唐人的名字大抵會在西方人口中出現，在中國人世界裡早已完成了它的歷史任務；華仍是活著但其剪紙絕藝卻養不起自己，就正如華人的名字一直為人所接受和使用，並由衷慨歎中國傳統文化漸次消失和不為世人所重視。瑤的名字或許是「遙遠」的指涉，她的出現就是說明「遙遠」的中國傳統文化，與現代社會的格格不入，是文化身分認同的障礙，在世人的界限外的他異性中力圖找回同一性，如同追尋唐的下落一樣，既是又非的。瘋顛再度襲向瑤時，她意識到剪紙是騙人的，會造成混亂，是虛幻的，但又不是錯誤的，故此對唐的幻象破滅後，顯示現實世界都只是夢幻與謬誤，疊疊層層連在一起構成她的嚴重精神失常。瑤徹底地扭轉刻刀的地位，由原來贖罪的工具變成非理性的手段。她揮起刻刀指向家人、刺向大姊、打碎所有玻璃物品、割去書頁、色紙及粵曲唱片，最終「事物與意義失去關連」，[32] 所有的付出都是碎片，徒勞一場，就如中國傳統文化在當時的社會裡斷裂式存在，最後是一種虛無。當時「我」想用說話來安慰瑤卻被她的大姊阻止了，再一次證明語言已經失去它的意義和信任，猶如瑤教書不足兩個月就憤然辭職，說明她對文字和知識的不信任。語言和文字在文化界限裡，像日和夜、夢和醒一般一分為二，在二分的空間中又開啟另一個重合的機會，而「我」就是這個機會的創造者，直接介入她們的生活，在

不了解客體的同時，又從主體的位置發言。

七、幻象中的語言、文字與文化界線

「我」觀看喬和瑤的故事，就是貫穿西方思想和中國文化的網狀
世界，通過她們本身的特質展現當時香港生活中的幻象，力圖保持個
人的清醒，但又無可避免地陷入幻象的迷思當中，在清醒與朦朧之間，
「我」分裂自己，化身另外三位男性，展現自己潛在的內心焦慮、恐
懼、妥協等複雜的情緒。「我」就是福柯所指的物，「被人重抄、斷
碎、反覆、模擬、分裂、終至消失」，[33] 沒有言說的權力。黃是「我」
對西方思想的反省，是對西方的美好想像和盲目追求的體現，幻象破
滅以後轉化為非理性的手段，以剪刀解決眼前的困境，瘋顛過後是憂
鬱，失去了語言能力，整個人處於沉思的狀態，又帶著悲傷和恐懼，
活在冰冷冷的世界裡，再沒有西方或越界之別。正如小說結尾描述上
環老區牆上的海報一樣，華衣美服派對中的白煙，是西式生活的幻夢，
被撕破了的海報又露出了原來的黃牆，到處都是殘破的世界叫人認不
出來又易於迷失。[34]「我」用黃的眼睛觀看西方思想文化越過七十年
代的香港社會，人們在迷戀過後，質疑它的夢幻；又用唐和華的形象
潛入中國傳統文化之內，顯現它如何在七十年代的香港商業社會的夾
縫中喘息生存。

在另一個客體世界裡，唐和華是「我」對中國傳統文化的疏離
和憧憬，不存在的唐就是過去了的中國傳統文化，在「我」認識瑤以
前未曾接觸過粵曲，正如瑤不曾認識唐一樣，一切都是遙不可及的幻
象。而華在現實生活中協妥之餘，又不忘中國傳統文化，可惜傳統手
藝淪為過年過節的裝飾品，又是為旁人表演剪紙的餘興節目，但誰也

沒有耐性看華一刀一刀慢慢刻下去的藝術，大家以為剪紙應該像魔術表演一樣即時能變出製成品，想不到那是連綿的工作。故事結尾，「我」和華穿過瑤居住的老區，上門探訪她，華沒有說話又有點擔憂，陷於自己的思想當中，而「我」剛好相反，幻想瘋顛過後的瑤可以跟「我」說話又重見她的笑顏，[35] 還原她自然的本性。這裡反映「我」對語言寄於厚望，重新相信它，認為它能發揮原有的溝通功能，而更多的是反映中國傳統文化載浮載沉，沒有明確的出路，一切都是源自人們幻想的表象，通過延續來結束舊日的它，透過自然發展還原傳統文化的本性。正如小說結尾描述老區上環的舊書舖的舊書一樣，「殘破的舊書，有些書脊上貼上膠紙，撕破的書頁又再補起來，它們歷經流散災劫，暫時在這裡棲身。仍有人在那裡找書看書」，[36] 顯示「我」重新認同文字和相信知識，認為它能表現原有的傳承意義，而更重要的是揭示中國傳統文化在七十年代香港的自然過渡現象，摒棄舊有的疏離，同時放下當下的偏執眷戀，讓它無條件的回歸或是按照歷史的時序而發展。可以說，小說的結尾與福柯的結論不謀而合，「在人與自己的情感、與時間、與他者的關係都發生了變化的環境裡，瘋顛有可能發生了，因為在人的生活及發展中一切都是與自然本性的一種決裂」，[37] 由是昇華小說的內在價值，從眷戀中國傳統文化到恐懼它的消失只會演變成瘋顛，倒不如讓它在這種自然秩序以外發展一種新秩序，即是說中國傳統文化只要適應了香港的生活秩序，又會以另一種姿態融入新的秩序當中。中國傳統文化連接不同時代又分開了它們，通過非理性的手段如狂熱，一直催生現代化的藝術作品，而它又會意味著作品跟真實的決裂，最終表達現實世界的外部邊界與生存的虛空。

本文獲二〇一六年中文文學創作獎優異獎（文學評論）。

1. 一九七七年《剪紙》在《快報》連載，一九八二年由素葉出版社出版第一版，二〇〇三年及二〇一二年則交由牛津大學出版社出版第二版及新版。本文的文本以新版為據。

2. 也斯：〈附錄：初版後記〉，《剪紙》，牛津大學出版社，2012年，第172頁。

3. 也斯：〈附錄：初版後記〉，《剪紙》，第176頁。

4. 也斯：〈附錄：初版後記〉，《剪紙》，第174-177頁。

5. 也斯：〈附錄：初版後記〉，《剪紙》，第174-175頁。

6. 也斯：〈重像、剪紙、鏡影——從粵劇與文學談起〉，原載《星島晚報·星期日雜誌》一九八八年八月七日，載也斯、葉輝、王仁芸、羅貴祥、何國良、阮慧娟：《觀景窗》，青文書屋，1998年，第260頁。

7. 也斯：〈附錄：初版後記〉，《剪紙》，第178頁。

8. 在第一章〈宮中侍女〉中，福柯以第雅各·委拉斯開茲的著名油畫為例，說明人們在鏡子裡看到如同在畫中首次看到的同樣東西，鏡子除了起複製的作用外，還依據不同的規律分解和重組物象的表象。表象以乎是從它的虛象或真實的內容中解放出來，這些內容與它並置在一起，接著表象又結束了。人們所看到的外在本質與看不到的內在實質聯繫在一起，即是鏡子、映像、模仿和肖像。場景布置了表象，表象與其模特和君主的關係及與其作者的關係，如同與那個接受這個表象的人的關係，這種雙重的關係被打斷了，因此這個主體——同一個主體，被消除了。最終從束縛自己的那種關係中解放出來，表象就能作為純表象的出現。米歇爾·福柯著，莫偉民譯：《詞與物——人文科學考古學》，三聯書店，2012年，第3-21頁。

9. 陳寶珍：〈也斯小說中的女性形象〉，原載《香港文學》第十一期，一九八五年十一月五日，載陳素怡編：《也斯作品評論集》（小說部分）香港文學評論出版社，2011年，第219-231頁。

10. 葉輝：〈複句結構·母性形象及其他——序也斯《三魚集》〉，原載《星島晚報》一九八八年一月，載陳素怡編《也斯作品評論集》（小說部分），第204-218頁。

11. 容世誠：〈「本文互涉」和背景：細讀兩篇現代香港小說（節選）〉，原載《香港文學》第六十四期，一九九〇年四月五日，載陳素怡編：《也斯作品評論集》（小說部分），第232-247頁。

12. 羅貴祥：〈幾篇香港小說中表現的大眾文化觀念〉（節選），原載陳炳良編《香港文學探索》，香港：三聯書店，1991年，載陳素怡編：《也斯作品評論集》（小說部分），第261-269頁。

13. 董啟章：〈城市的現實經驗與文本經驗——閱讀《酒徒》、《我城》和《剪紙》〉（節選），原載《過渡》試刊之二，一九九五年五月，載陳素怡編：《也斯作品評論集》（小說部分），第254-260頁。

14. 葉輝：〈電腦複製時代的鏡象和餘留物——新版《剪紙》序〉，載也斯：《剪紙》，牛津大學出版社，2003年，第x頁。

15. 小西：〈《剪紙》的物體系〉，原載《作家》第二十二期，二〇〇三年十月，載陳素怡編：《也斯作品評論集》（小說部分），第248-253頁。

16. 陳智德：〈另一種「翻譯」與「寫實」：《剪紙》、《重慶森林》與《烈火青春》〉，《解體我城《香港文學1950-2005》花千樹出版社，2009年，載陳素怡編《也斯作品評論集》（小說部分），第270-286頁。

17. 黃勁輝：〈中西抒情：也斯《剪紙》中七〇年代殖民香港的都市現代情感〉，原載《文學評論》第十四期，二〇一一年六月，載陳素怡編：《也斯作品評論集》（小說部分），第286-308頁。

18. 傅柯著，劉北成等譯：〈前言〉，《瘋顛與文明》，桂冠圖書股份有限公司，2011年，第1-5頁。

19. 傅柯著，劉北成等譯：《瘋顛與文明》，第 83-84 頁。
20. 傅柯著，劉北成等譯：《瘋顛與文明》，第 13 頁。
21. 米歇爾・福柯著，林志明譯：〈譯者導言〉，《古典時代瘋狂史》，三聯書店，2007 年，第 16 頁。
22. 米歇爾・福柯著，林志明譯：〈譯者導言〉，《古典時代瘋狂史》，第 38 頁。
23. 米歇爾・福柯著，林志明譯：〈譯者導言〉，《古典時代瘋狂史》，第 38 頁。
24. 米歇爾・福柯著，林志明譯：〈譯者導言〉，《古典時代瘋狂史》，第 47 頁。
25. 米歇爾・福柯著，林志明譯：〈譯者導言〉，《古典時代瘋狂史》，第 47 頁。
26. 按原文出現的次序，茲錄八首詩歌，並援以出處補充，如下：

原詩句	出處	頁碼
蒹葭蒼蒼，白露為霜。 所謂伊人，在水一方。 溯洄從之，道阻且長。 溯游從之，宛在水中央。	《詩經・蒹葭》	第 8 頁
這一個心跳的日子終於來臨。 你夜的嘆息似的漸近的足音 我聽得清不是林葉和夜風私語， 麋鹿馳過苔徑細碎的蹄聲。 告訴我，用你銀鈴的歌聲告訴我 你是不是預言中的年青的神？	何其芳 (1912-1977) 〈預言〉第一節	第 21-22 頁
輕渺，盈盈笑靨，稱嬌面，愛學宮妝新巧。 幾度醉吟，獨倚欄桿黃昏後，月籠疏影橫斜照。 更莫待，笛聲吹老，便須折取歸來，膽瓶插了。	南宋朱淑真 (約 1135- 約 1180) 〈絳都春・梅〉 (寒陰漸曉)下闋	第 26 頁
絕代佳人難得，傾國，花下見無期，一雙愁黛遠山眉，不忍更思維。 閒掩翠屏金鳳，殘夢，羅幕畫堂空，碧天無路信難過，惆悵舊房櫳。	五代韋莊 (約 836-910) 〈荷花杯・絕代佳人難得〉全闋	第 79 頁
似花還似非花，也無人惜從教墜。拋家傍路，思量卻是，無情有思。縈損柔腸，困酣嬌眼。欲開還閉。夢隨風萬里，尋郎去處，又還被鶯呼起	北宋蘇軾 (1037-1101) 〈水龍吟・次韻章質楊花詞〉上闋	第 97 頁

你以雙翼，以現代的悲哀蠱惑我 當戀愛只屬於那五月抽搐的嘴唇 你是那捲起的——孩子們眼中的永恆 記住你黃昏的轉折，你的影在紅紅的樹幹上	周夢蝶 (1920-2014) 詩篇名字從略	第 102 頁
長堤 　　狹道 風吹 　　秋草 愛人呵 　　莫過 草長 　　露多	從略	第 108-109 頁
在街頭站到凌晨 請讓我解釋 小心呵 見面 我道歉 死	從略	第 121 頁

27. 朱自清：〈詩言志辨〉，《朱自清古典文學論集》，上海古籍出版社，2009 年，第 208 頁。
28. 錢鍾書秉承中國古代文論言意之辨，引謝茂秦《四溟詩話》的「文後之意者」及劉勰《文心雕龍・神思》的「方其搦翰，氣倍詞前，暨乎篇成，半折心始」援證，並以 Lessing 劇本 Emilia Galotti 第一幕第四場：「倘目成即為圖畫，不須手繪，豈非美事。惜自眼中至腕下，自腕下至毫顛，距離甚遠，沿途走漏不少」，補充說明非得心之難而為應手之難。錢鍾書：《談藝錄》，三聯書店，2010 年，第 521-528 頁。
29. 也斯：〈附錄：初版後記〉，《剪紙》，第 177 頁。
30. 也斯：《剪紙》，第 163 頁。
31. 也斯：《剪紙》，第 165 頁。
32. 也斯：《剪紙》，第 156 頁。
33. 米歇爾・福柯著，林志明譯：〈二版自序〉，《古典時代瘋狂史》，第 2 頁。
34. 也斯：《剪紙》，第 169-170 頁。
35. 也斯：《剪紙》，第 171 頁。
36. 也斯：《剪紙》，第 170 頁。
37. 傅柯著，劉北成等譯：《瘋顛與文明》，第 191 頁。

梁秉鈞〈蓮葉〉組詩的一點青綠

　　蓮花，往往會讓人聯想到周敦頤的〈愛蓮說〉中出於污泥而不染的潔淨，是對美好事物和品格的追求和嚮往，也是象徵純潔和潔淨。梁秉鈞一反傳統，不再留戀詠蓮花，而是它的襯托品——蓮葉，它們同樣是聖潔的象徵。詠蓮葉早見於漢代樂府詩〈江南〉，「江南可採蓮，蓮葉何田田。魚戲蓮葉間，魚戲蓮葉東，魚戲蓮葉西，魚戲蓮葉南，魚戲蓮葉北」，反復唱詠農民採蓮時觀魚戲葉的樸素情懷，描繪當時的熱鬧歡欣場面。如果〈青果〉是表現未成熟的生命過程，「擺動在冬之樹枝/ 與歌之間/ 巨大的空間還不曾予你/ 成形的壓力」，那麼，〈蓮葉〉組詩就是詩人沉澱在內心的省悟。梁秉鈞曾在 2000 年談論詠物詩，一般古典詩的詠物如詠蓮、詠竹都是寄託理想的人格，他詠現代體物如球鞋、苦瓜、辣泡菜等，不一定是借喻，而是對不同事物的本質與特性產生興趣，不想以一個既定觀念投影到體物的身上，[1] 詩人源於體物而創造的情懷，或因心中有情而借體物抒懷，也見他包容的胸懷和開放的態度。這就是他題詠物詩的動機，「因物起興，隨物抒懷」。[2] 在 2006 年的一次對談中，詩人回顧他八十年代寫的〈蓮葉〉組詩，提及寫志蓮淨院的〈蓮葉〉是從世俗的角度感受佛意。翻查資料，這組詩早寫於 1983 至 1999 年之間，詩人刻劃香港當時的政治處境及人在狹縫中的感情起伏。[3] 這組詩曾被法國音樂家白蝴蝶、梁小衛和梅卓燕改編成舞台劇——《流蓮歡》，表現人際關係的輾轉曲折，

又試圖接近佛家思想的金色意象發展與追求。[4] 該劇曾於 2004 年在香港演出，予以描述為「一個至純至美的詩意舞台演出」。[5] 本文試圖以誤讀、有意誤讀或創造性誤讀角度，重新審視詠蓮葉這一體物的價值與目的，建構梁秉鈞的〈蓮葉〉組詩的一點青綠，展示詩人隨心而詠物的意義與價值。

在詩的影響下，個人或個別事物在各種狀態中通過，即從一種狀態轉換至另一種狀態，而真正的詩人總是對前一位詩人進行誤讀。這種誤讀實質上是一種創造性校正、誤讀或誤譯。[6] 換言之，真正的詩人作為後來者總是處於傳統影響的陰影下創造詩歌，這是影響的焦慮，由此對於傳統影響的心理焦慮，或由於傳統影響而引起的焦慮。正因如此，真正的詩人努力否定詩的傳統，就是擺脫詩的影響，從而創造新詩的形成，這就是詩人誤讀各自的前驅者的結果。梁秉鈞〈蓮葉〉組詩可以理解為對穆旦〈詩八首〉[7] 的創造誤讀的結果，他重新思考物我的關係，有別與傳統詩人對物的態度，而是一種深沉式自省的作品。

〈蓮葉〉以蓮田上葉叢中，風吹過閉合的綠色蓮葉，喻世界上的聲音、語言及意義的關係，似乎都是多餘的，也無需要任何的解釋。「葉上言語所能照明的脈絡/ 是我們僅有的世界」、「我們發出同樣的聲音又失去彼此/ 在風中互相試探還不如/ 自然探首，意義會逐漸浮現的」。蓮葉的綠梗中通外直，使詩人相信更真實的空間，那是一個離不開言語的世界，偏偏我們選擇沉默地傾聽雜音。「當我們沉默，那裡仍充滿聲音/ 各自忍耐季節的灰塵/ 一面傾聽，舒開的時候/ 可以感知遠方水的顏色」。原來詩人期望的空間是雨後淨土，那是撥開人世間如灰塵的俗務後，身心自然會清淨如水的境界。詩人在〈憐葉〉

中想「縱橫護著心中一點青綠」，就是守著一片明淨，但現實中的枝葉卻是盤根錯落地懸掛在半明半暗之中，於是在〈冕葉〉中，「我的枝葉也有人間的喧嘩，卻是/ 重濁、遲緩、糾纏於私人的惡夢和/ 黎明險狠的水流，根鬚夾雜/ 淤漬，總是說不分明的……」，或隱或現地在雜音之中失去方向。

　　詩人在〈邊葉〉探討歷史，主花及主葉是正史，邊葉是野史及傳說，往往是權力的操控。當權者一般想以自己為中心，即圓心，反復修訂正史，意圖將傳說邊緣化，也刻意將野史模糊化，於是詩人借邊葉喻邊緣化的事或物，「邊緣的花葉有自己的姿態，你可留意？/ 你會不會細讀？獨特的葉脈和街道縱橫」，詩人不僅同情被邊緣化的事或物，並為它們發聲，而且著世人如何傾聽它們的需要。一切都是我們視而不見的事情，好比葉脈和街道上的阡陌，我們關心的往往是圓心中的主花、花瓣或主葉，誰會在意「偏遠的葉緣呢」！詩人由衷地強調「隨風合唱中隱晦了的抒情需要另外的聆聽」，似乎聆聽也成了奢侈品。〈辨葉〉借辨識深淺的青青蓮葉的品種，勾起友人懷念倫敦的黃昏、紅茶、壁爐和老書店的情懷，詩人點頭聆聽，帶出說不清的言語，我們總是以學習異國語言為傲，既「強誦異國的生字」，又要「下面的蒼生勉力把它拱起」，諷刺刻苦以異國鍍金經營背後的代價。

　　〈戀葉〉嘗試探討意象、符號、形象和文字之間的生成問題。詩中刻劃「她」滿足一個慾望又生出另一個慾望，只著眼自己喜歡的事物或意象。「看著如鏡的池水看她舒伸/ 讀那迎上來的手，彷彿可親的符號」，讓人聯想臨水的納蕤思原型，但「她」一伸手解開它，那個形象卻破碎，如同找不到鏡子的納蕤思無法通過一種客觀的媒介，表達「她」內心的焦慮與渴望的痛苦。於是「她」只好又拼合又撕

裂，「耐心的等待中水波成圓/ 鏡子總是會再添加甚麼/ 又刪減了甚麼」。我們藉助詩人在七十年代的中篇小說《剪紙》說明他所探索的文字生成問題。《剪紙》論析「欺妄的意見」及「僵固的文字」會磨蝕七十年代的香港社會文化，從而渴望在傳統文化中找到鏡子，意圖創造新的文化，在這個意義上，渴望與想像的斷裂，令到他在生活的幻象或是表象中找到自我表現的鏡子一樣，是一個迷戀又是一個觀看的過程。鏡子強調任何事物的朦朧、倒置和扭曲本質，人無法看清主體和客體的同異，只能在矛盾和分裂的狀態下存在。[8] 回到〈戀葉〉，那也是一個迷戀又是一個觀看的過程。「她」觀葉卻又喜歡看自己想看的意象。在觀看過程中，「她」更多的是迷戀符號所帶出的形象，在現實與想像的斷裂之中，「她」選擇再次相信及期待「水波成圓」的結果，可能是幻象，可能是真實，最後給文字寄予厚望，「在凝視的慾望和水的深度之間/ 風吹過生成了漣漣的文字」，意圖以文字言說不能言說的意象、符號和形象。

〈漣葉〉是〈戀葉〉的延伸，藉助探討甚麼是穩定的事比喻固定的文字所起的作用。在固有的文字中，我們往往喜歡挑戰它，試圖拆散又重組，玩弄一套文字遊戲，發展「另外一種秩序」，但人類是矛盾的動物，「當我迎風張望，你又擔心我的葉脈/ 翻出你不熟悉的新紋，幽幽地說/ 也許波光裡並沒有恆久的事物」。我們對新的東西蠢蠢欲動，又留戀熟悉的東西，視之為安全感，並期許恆久不變的東西出現。在「我」與「你」的回答往來之間，文字似乎是漣漪上的葉子，轉眼消失，又隨即出現，更迭往返。

〈染葉〉以茶包滲染一片棕色葉子，染褐了一張餐巾如同沒法還原一張白紙，比喻寄出的書信裡的文字跟收到信時的原來文字是不一

樣的，「畫畫的人把它顛倒在鏡上，跳舞的人／把它反映在牆上，染滿了剝落和花影」，收信人的反應十分複雜，或垂頭或抬頭或笑或哭，東張西望，不知是否意會到寫信人的心情，顯示文字在傳遞與接收過程或會出現斷層。〈煉葉〉以「我」與「你」若即若離的關係，「永遠空虛的一截距離不知如填補／不知如何跨越」，暗指不知如何提煉語言。「我」是意即思維，而「你」是言即語言，是一場言意之辨。「你冷柔的反映，常常笑徒勞的街燈／有局限亦不能璀璨，你已倦於顏色／曾經熾紅的在剎那冷凝嘶叫無淚／只盡冒白煙，與其悽悽戚戚不如賞玩／糜爛的光影，空幻裡不會有痛楚糾纏」，它們是不可以分開的，但又好像是獨自發展，語言無法完全表達思想，如同「我」猜不透「你」的心思。「我」決定長痛不如短痛，跟「你」保持距離，從遠處欣賞「你」，漸漸轉化為虛空，便不會有痛苦。有時候語言是過多的聲音，而思維也不是能靠語言說得清楚，一切不能再言說的時候，代表一切事物終究歸於虛無。

原載《聲韻詩刊》2017 年總第 37 期，頁 108-109。

---

1. 梁秉鈞：〈食物、城市、文化——《東西》後記〉，《東西》，牛津大學出版社，2014 年，第 167-168 頁。

2. 梁秉鈞：〈食物、城市、文化——《東西》後記〉，《東西》，第 171 頁。

3. 梁秉鈞：《梁秉鈞五十年詩選》（下冊），台大出版中心，2014 年，第 836 頁。

4. 梁秉鈞：〈羅貴祥、梁秉鈞對談‧附錄〉，《蔬菜的政治》，牛津大學出版社，2014 年，第 168 頁。

5. 「梅卓燕臨風窈窕，梁小衛聲聲吹香，白蝴蝶的法國旋律，舞蹈和聲音，層層雙擁迴旋，相互氤染於光影之間，幻化出迭迭詩情畫意。以梁秉鈞的蓮詩出發，陳仲輝的蓮衣、陳友榮的河塘景致，幻影穿梭的劉柏基、馮國基等一眾綠葉襯托嫣紅無數……」，見康樂及文化事務署 http://www.lcsd.gov.hk/CE/CulturalService/FestivalOffice/newvision/chi/performance/lot.html，於 2017 年 1 月 17 日讀取。

6. 哈羅德‧布魯姆著，徐文博譯：《影響的焦慮——一種詩歌理論》，鳳凰出版社，2006 年，第 30-31 頁。

7. 〈詩八首〉屬於中國傳統愛情中的無題詩。每首詩均為兩節，每節四行，一首詩為八行。

穆旦摒棄傳統愛情詩纏綿哀怨的手法,而是以獨有的超越生活層面的理智,對自身甚至是人類的戀愛過程的冷峻分析和反省。

8. 米歇爾·福柯著,莫偉民譯:《詞與物——人文科學考古學》,三聯書店,2012年,第3-21頁。

後記

　　走上評論香港文學的路，純然是偶然的。

　　2015 年夏天，我毅然離開工作十一年的崗位，全職撰寫博士學位論文。在別人眼裡這是傻子的行為，居然自動放棄專上學院全職講師一職，換來旁人的嘲笑、白眼，更得不到家人的理解和支持。生活失去保障，拿了學位也不一定可以再找到工作，更何況那時已屆中年，似乎是任性，卻有一點浪漫。我故作了最壞的打算。

　　修讀博士學位屬中國古代文學專業，研究清代最大的詞派。因為選題上具挑戰性，研究範圍不限於清代詞派，也涉及宋明兩代的詞學生態環境。為了明白文人交往、影響、競爭等情況，我選擇參與香港文壇的創作活動，研究香港文學史、作家、作品。我決定撰寫評論文章，投稿、參加比賽等，當時想應該很少人願意做這類事，也可以掙點稿費過活。想不到，在中斷了十八年的寫作道路上，我再次在不同的平台發表文章，拿取文學創作獎，完全是意外的收穫。在此，十分感謝香港的文學期刊主編多次賞識拙文，包括《文學評論》、《香港文學》、《城市文藝》、《聲韻詩刊》、《大頭菜文藝月刊》、香港文學評論學會等，也要感謝中文文學創作獎文學評論組評審委員的認同。你們讓我重嚐久違了十八年的寫作滋味。我們素昧平生，卻在香港文學路上相遇、相識、相知。「人生到處知何似？應似飛鴻踏雪泥。泥上偶然留指爪，鴻飛那復計東西。」一切都是偶然的聚，或散。

　　大學一年級那年，張愛玲病逝，聽著老師、同學談論她的生平事蹟及愛情小說，開始對這個傳奇女子產生好奇。我從金庸的武俠小說，跳進她的人性世情，有欲罷不能的感覺。在大學主修中文，修讀中國

現代文學課、當代文學課，也有香港文學課、創意寫作課等。從不同老師的選讀中，閱讀張愛玲、白先勇、賴聲川、黃春明、顧城、北島、洛夫、舒巷城、劉以鬯等作品。老師指導我們如何賞析作品，評論作品，如何融入自己的作品當中。於是，開展賞心悅目的文學之旅。

我有兩位姐姐，大家只差一個年級。大姐在當時的嶺南學院讀中文系，二姐則在中文大學，也讀中文系。於是，老爸對我下了一道「聖旨」，「不准讀中文，差不多一百年，只出了一個魯迅。你沒有魯迅的才華，讀了也是白讀的。」一錘定音，決定了我的半攻讀命運，三年的學費和生活費只好自己籌謀。這樣，反而加強我學習中文的決心，同時向其他大學的中文系學習。「夫子步亦步，夫子趨亦趨，夫子馳亦馳」。在大姐的課程和身上，開始接觸五四時期長篇小說，捧著老舍《駱駝祥子》、茅盾《子夜》、沈從文《邊城》等，不亦樂乎。還有，她在交流團時買下了一堆翻譯小說、台灣小說等，也成了我的精神食糧。在二姐的課程和身上，開始細讀魯迅作品、學習台灣文學、認識香港文學資料史等。在她們的補給中，我按個人喜好親近她們的課程，又好像窺探那兩所學府的中文課一二，感覺三年的學費值回票價。那些年，應是我和文學最親近、融和的日子。畢業那年，與同學跑去電影院看《顧城別戀》，似是告別我的文學之旅。

一晃眼，二十年過去，積累了一些文章後，居然返回留下青春足印的校園授課。大學迅速地成長，如電腦科技一樣，一棟學術大樓不夠用，不知道怎樣建成了第二棟、第三棟學術大樓。演講廳也不再是數目字，而是鍍上捐款者的名字，到處都是校友的名字，一木一石也不放過。在另一棟學術大樓的演講廳上，開始另一次中國現當代文學之旅。掃瞄百多雙眼睛，彷彿是「看」與「被看」。魯迅，仍然是我

仰望的對象，如同那套佈滿皺紋的《魯迅全集》一樣。「離去──歸來──再離去」，都是雪泥鴻爪。換了角色，在文學國度裡相聚後，卻又離開了。

於今，在丈夫的督促下，在友人的協助下，有幸匯集這些年的評論文章，回望這一趟偶然的香港文學旅程，只是一趟風中旅程。我們在紙堆裡相聚，聚合那些教導過我的老師、素未謀面的老師和主編、遠去的教授和主編等。你們點燃了香港文學之光，也點亮了我的香港文學寫作火苗。在此，向您們說聲：謝謝！更要多謝兩位姐姐，從灣仔、屯門和沙田帶來了種子和肥料，灌溉我的文學田園，在九龍塘的土壤裡，耕種屬於自己的文學園。

「無所從來，亦無所去。」

2020 年 9 月 6 日書於香港燕里齋

當代人文學術叢書

城市回眸：香港文學探論

作　　　　者：張燕珠
責　任　編　輯：黎漢傑
設　計　排　版：張智鈞
法　律　顧　問：陳煦堂 律師

出　　　　版：初文出版社有限公司
電　　　　郵：manuscriptpublish@gmail.com

印　　　　刷：柯式印刷有限公司
　　　　　　　香港北角屈臣道 4-6 號海景大廈 B 座 605 室
　　　　　　　電話：(852) 2565-7887
　　　　　　　傳真：(852) 2565-7838

發　　　　行：香港聯合書刊物流有限公司
　　　　　　　香港新界大埔汀麗路 36 號
　　　　　　　中華商務印刷大廈 3 字樓
　　　　　　　電話：(852) 2150-2100
　　　　　　　傳真：(852) 2407-3062

臺灣總經銷：貿騰發賣股份有限公司
地　　　　址：新北市中和區中正路 880 號 14 樓
　　　　　　　電話：886-2-82275988
　　　　　　　傳真：886-2-82275989
　　　　　　　網址：www.namode.com

版　　　　次：2021 年 5 月初版
國　際　書　號：978-988-74584-6-3
定　　　　價：港幣 98 元　新臺幣 300 元

Published and printed in Hong Kong
香港印刷及出版